남겨진 이름들

남겨진 이름들

안윤 장편소설

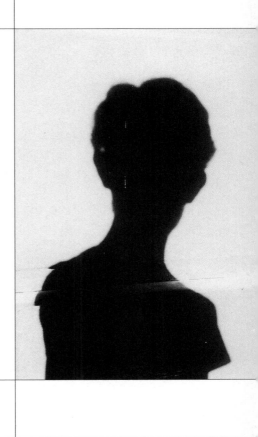

문학동네

일러두기

1. 러시아어의 한글 표기는 국립국어원의 외래어표기법을 따랐다. 단, 인명에 한하여 키르기스스탄 현지 발음에 가깝게 표기하였다.
2. 주석은 모두 작가의 것이다.

누구나 자기만이 알고 있는 아픔의 리듬이 있다.
　　　　　　　　　—롤랑 바르트, 『애도 일기』

내가 상상하지 않았던 삶이 내 앞에 있다.
나는 이것과 어떻게 만날 것인가.
　　　　　　　　　—김진영, 『아침의 피아노』

차례

서문

비슈케크를 떠난 지 팔 년이 지난 어느 여름날, 나는 그곳에서
온 국제우편 하나를 받았다. 우징이 메일로 내 주소를 물어보고
반년이 흐른 뒤였다.

우징은 내가 비슈케크에서 가깝게 지냈던 거의 유일한 또래였
다. 우리는 키르기스스탄국립대학교 언어문화교류센터의 러시아
어 초급반에서 처음 만났다. 러시아어 알파벳도 몰랐던 나와 우
징은 아는 영어와 한자를 모두 동원해 이야기를 나누었다. 대화
의 절반은 알아듣지 못했지만 우리는 서로를 온전히 이해할 수 있
었다.

우징의 고향은 하얼빈이었다. 그는 신장 위구르에 살고 있는 먼

친척의 권유로 비슈케크에 왔다. 오전에는 러시아어를 배우고 오후에는 중국인 사장이 운영하는 화장품 가게에서 일을 했다. 그리고 나중에 그곳에서 유통업을 하는 위구르 사람 슈베이를 만나 결혼했다. 나는 우징의 결혼식과 두 아이 사진을 메일로 받아 보았다.

나는 2006년 여름부터 2008년 여름까지 비슈케크에 머물렀다. 중앙아시아에 있는 이름도 낯선 나라에 가겠다는 내게 지인들은 걱정스러운 얼굴로 물었다. 거긴 무슨 언어를 써? 가서 뭐하게? 언제 돌아와? 그 질문들에 나는 이렇다 할 대답을 하지 못했다. 그저 살러 간다고 답했다. 어쩌면 살려고 간다고 하려다가 차마 그렇게는 말할 수 없었는지도 모른다. 그때 나는, 말 그대로 정말 살고 싶었다. 살기 위한 방편으로 낯선 곳으로 떠났다. 어린아이처럼 철자를 익히고 말을 배웠다. 그렇게 무언가를 처음부터 다시 배울 수 있기를, 시작할 수 있기를 바랐다. 스스로를 속인다거나 잃어간다는 감각으로부터, 그 익숙하고도 거추장스러운 나의 일부로부터 멀어지기를 소망했다.

비슈케크에 머무는 이 년 동안, 나는 시내 중심가에서 벗어난 보스토크 5구역에 살았다. 구소련 시대에 지어진 낡은 아파트에서 하숙을 했는데 복도는 대부분 페인트칠이 벗어져 있고 전등도 들어오지 않았다. 십층짜리 건물이었는데 하루가 멀다 하고 승강기가 고장나 구층까지 걸어올라가기 일쑤였다. 그래도 창문 너머로 보이는 한갓진 주택가 골목 풍경과 해가 기울면 사위에 내려앉는 평화로운 고요, 간혹 반가운 인기척처럼 들려오는 기차 소리는 수많은 밤 내게 위로를 주었다. 그 아파트에서 집주인 라리사 니칼라예브나 이그나타바와 단둘이 지내는 생활은 조용하고 잔잔했다.

두 계절을 보내고 나서부터 나는 그를 바부시카할머니라고 불렀다. 그는 나에게 안나라는 러시아 이름을 지어주었지만, 나중에는 나를 윤이라고 불렀다. 어학원에서 돌아와 옷을 갈아입고 있으면 라리사 니칼라예브나는 식탁에 차와 간식을 준비해놓고 윤, 차 마시거라, 하고 소리쳤다. 그가 발음하는 '윤'은 언제나 듣기가 좋았다.

근처에 살던 우징은 자주 하숙집에 들렀다. 우리는 셋이 모여 시장에서 사온 고려인이 담근 김치를 맛보거나 훠궈를 해먹고 블리니*를 부치곤 했다. 라리사 니칼라예브나는 가끔 나와 우징의 어학원 숙제를 봐주기도 했다. 그는 결코 다그치는 법이 없는 선생님이었다. 우징과 나는 동사의 변화, 격변화, 시제, 관용구 등을 그의 도움으로 공부했다. 우리는 과외비 대신 설거지를 하고 장을 봐오고 아파트 중앙 정원에 나가 양탄자를 털었다.

라리사 니칼라예브나에게는 유리문이 달린 아름다운 자작나무 책장이 있었고 그 안에는 시집과 소설책이 빼곡하게 꽂혀 있었다. 모두 오랫동안 잘 관리한 것들이었다. 그는 시간이 날 때마다 정성스럽게 책장의 먼지를 털고 닦아내며 금박으로 장식된 책등을 애정어린 손끝으로 쓰다듬었다. 늦은 저녁, 집안이 고요해 거실로 나가보면 그는 코에 안경을 걸치고 의자에 앉아 독서를 하고 있거나 책을 무릎에 올린 채 잠들어 있었다. 그는 읽었던 책을 몇 번이고 또다시 읽는 것을 즐겼다. 레프 톨스토이, 이반 투르게네프, 안톤 체호프, 세르게이 예세닌을 특히 좋아했고 수십 편의 시를 암송할 줄 알았으며 아끼는 소설의 장면과 대사를 상세하게 기억했다. 라리사 니칼라예브나는 문학을 사랑했다.

그 무렵, 나는 작은 수첩을 가지고 다니며 모르는 단어나 표현

---

* 메밀가루와 밀가루, 우유, 달걀, 버터를 넣고 반죽해서 얇고 둥글게 부친 러시아식 팬케이크.

을 발견하면 거기에 적어두었다. 태어났을 때부터 자연스럽게 익혀온 모국어와 달리 성인이 되어 철자부터 배우는 외국어의 감각은 낯설었다. 간단한 말도 그 의미를 곱씹어보게 됐다. 단어뿐 아니라 불현듯 떠오르는 단상이나 인상, 사소하기 그지없는 것들까지 수첩에 쓰기 시작했다. 단어장이나 다름없던 수첩은 어느새 한국어와 러시아어가 뒤섞인 일기장이 되어 있었다. 내 안에 숨죽이고 있던 어떤 목소리들이 자꾸만 말을 걸어왔다.

라리사 니칼라예브나는 내가 메모를 끄적이거나 밤늦도록 책상 앞에 앉아 있는 모습을 보면 간혹 이렇게 말했다.

윤, 넌 내 딸을 많이 닮았다. 그애도 늘 뭔가를 끄적였지.

딸에 대해 말할 때면 그의 눈빛은 평소보다 또렷하게 빛났다. 내가 그의 딸을 만난 적은 없었다. 이따금 전화 통화 하는 소리를 듣거나, 딸이 선물로 주고 갔다는 스웨터와 구두, 안경 줄을 구경했을 뿐이었다. 그는 선물받은 물건들을 무척 소중히 여겼다.

작문 숙제가 있을 때면 나는 꼭 그에게 보여주었다. 그는 흥미로운 표정으로 공책을 들여다보면서 틀린 문법이나 알맞지 않은 단어들을 짚어주었다. 그의 곁에 가까이 앉아서 내가 알아듣기 쉽도록 천천히 말하려고 애쓰는 목소리를 듣고 있노라면 그의 몸에서 옅은 담배 냄새와 장미 향 비누 냄새가 풍겨왔다. 숙제를 마치

면 우리는 마주앉아 차와 초콜릿을 먹었다. 그가 내어주는 초콜
릿은 너무 달아서 나는 늘 인상을 찌푸렸다. 그런 나를 그는 말없
이 웃으며 건너다보았다. 그 시간은 지금도 따뜻한 기억으로 남아
있다.

어느 밤, 내가 아무에게도 보여주지 않는 글을 쓰고 있다는 사
실을 털어놓았을 때 그는 무척 기뻐했다. 윤, 부끄러워하지 마라.
언어를 매만지는 건 결코 부끄러운 일이 아니야. 그가 내 어깨를
토닥였다. 내가 쓴 글을 러시아어로도 꼭 읽어보고 싶다고 했다.
당시 라리사 니칼라예브나는 일흔을 훌쩍 넘은 나이였다. 그에게
는 오랜 노동으로 단련된 강건함과 지혜가 있었고 군더더기 없는
생활방식과 그에 일치하는 사고방식이 있었다. 그의 비취색에 가
까운 눈동자와 굵고 낮은 목소리를 나는 잊지 못한다.

나는 그가 들인 마지막 외국인 하숙생이었다.

나는 우징이 보낸 메일로 라리사 니칼라예브나의 부고를 전해
들었다.

내가 한국으로 돌아간 후에도 우징은 자주 그를 찾아가 시간을
보냈다고 했다. 반면에 한국에 돌아온 이후 나는 러시아어를, 그
리고 키르기스스탄을 잊어갔다. 직장을 구했고 밥벌이에 여념이

없었다. 사용하지 않게 된 외국어는 추억과 함께 빠르게 나를 떠나갔다. 우징과는 몇 번의 전화가 오고간 뒤에 일 년에 두세 번 정도 메일로만 소식을 주고받았다.

라리사 니칼라예브나가 네게 남긴 것이 있어.

우징은 메일에 그렇게 적었다. 그가 남긴 여러 개의 종이 꾸러미 중 내 이름이 적힌 것이 있다고, 꾸러미에는 라리사 니칼라예브나의 편지와 그의 딸이 쓴 공책들이 들어 있다고 했다. 나는 그가 왜 그 공책들을 내게 남겼는지 짐작조차 할 수 없었다. 우징은 꾸러미를 한국으로 보내겠다고 했다.

우징이 보낸 국제우편은 무슨 이유인지 한국에 도착한 후 다시 키르기스스탄으로 반송되었다. 그는 비싼 해외 반송비를 지불해야 했다. 우징은 혹시나 공책이 분실될 것을 우려해 복사본을 만들어놓은 뒤, 내게 다시 우편을 보냈다. 그렇게 한 사람의 이야기가 내게로 도착했다.

라리사 니칼라예브나가 겉봉에 굵은 글씨로 'Юн윤'이라고 쓴 꾸러미 안에는 두 장의 편지와 세 권의 공책이 있었다. 편지 한 장은 나지라 하미둡나에 관한 짧은 소개였고, 나머지 한 장은 내게 전하는 말이었다.

나지라 하미돕나 유수포바는 키르기스스탄에서 태어났고 성인이 된 후에는 간호사로 일하며 혼자 살았다. 그는 어린 시절 라리사 니칼라예브나의 손에서 컸다. 딸이나 다름없었다. 그는 큰 키에 어깨가 넓고 몸은 가는 편이었다. 산책과 편지 쓰기, 차 마시는 시간을 좋아했고 먼 곳으로의 여행은 그다지 즐기지 않았다. 사진 찍히는 것도 별로 좋아하지 않았다. 자작나무 잎이 노랗게 물드는 계절을 좋아했고 펑펑 내리는 눈을 좋아했다. 그는 쉰의 나이에 심장마비로 세상을 떠났다. 근무하고 있던 병원의 당직실 침대에서 창밖을 내다보는 것처럼 창가를 향해 누운 채였다. 2014년 6월 10일의 일이었다. 내가 그에 관해 알게 된 것은 그것이 전부였다.

나지라 하미돕나는 흔하게 구할 수 있는 학생용 공책에 기록을 남겼다. 세 권의 공책은 모두 똑같은 디자인이며 겉표지에 굵은 유성펜으로 번호가 매겨져 있다. 가로세로 오 밀리미터 모눈이 이어지는 방안지를 중철 제본한 형태다. 권당 92장, 중간에 빈 페이지가 있기는 하지만 총 276장에 이르는 기록이다. 글씨는 모두 짙은 푸른색 펜으로 쓰였고, 마치 여러 번 연습하고 쓴 것처럼 반듯하다. 공책 갈피에서 발견한 몇 개의 영수증으로 미루어 보아 대략 2010년에서 2011년 사이에 쓰였을 것으로 추정된다.

나는 라리사 니칼라예브나의 편지를 지갑에 넣어 다니며 몇 번이고 읽었다. 나지라 하미돕나의 공책들을 여덟 달에 걸쳐 더디게 읽고 사 년이 좀 넘는 기간 동안 한국어로 번역해 내 공책과 컴퓨터에 옮겨 적었다.

　나지라 하미돕나가 남긴 기록에는 특이한 점이 두 가지 있다. 첫번째는 여성 인물의 주어가 모두 남성형으로 쓰여 있다는 점이다. 주어의 성별(남성, 여성, 중성)에 따라 동사도 함께 변화하는 러시아어 문법에 따르면 이는 명백한 오류다. 하지만 나지라 하미돕나는 반복적이고 일관되게 주어는 남성형을, 그에 딸린 동사는 여성형을 썼다. 이를 글쓴이의 의도로 판단하고 한국어로 옮기는 과정에서도 그대로 살리고자 했다. 두번째는 인물의 이름에 부칭父稱과 성姓이 거의 드러나 있지 않다는 점이다. 러시아어권 문화에서 인명은 이름, 부칭, 성 세 부분으로 구성된다. 부칭은 아버지의 이름에서 따오며, 성별에 따라 접미사를 달리한다. 손윗사람이나 거리가 있는 사람은 이름과 부칭을 함께 부르는 것이 일반적이다. 그러나 나지라 하미돕나는 인물들의 이름에서 부칭과 성은 거의 쓰지 않고 주로 이름만을 호명하거나 애칭을 썼다.

　나지라 하미돕나의 기록을 번역하는 더딘 시간 동안, 내가 처음 이 기록에 대해 가졌던 궁금증은 점차 희미해졌다. 이 기록이 사실인가 아닌가, 수필인가 소설인가, 하는 물음이 더는 중요하지 않았다. 잊어가던 러시아어를 읽고 옮기는 동안, 멀어졌던 말과 다시 가까워지고 의미의 층위를 헤아리는 동안, 나는 지금 내가 어디에 있는지 잠시 잊곤 했다. 망각과도 같은 몰입에서 깨어나면 나를 이루고 있는 언어와 나를 둘러싼 현재, '나'라는 감각의 총체가 내가 속한 땅 위를 더 단단하게 디디는 느낌이었다.

나를 계속 따라다니는 물음은 다른 것이었다. 내가 왜 이토록 이 이야기에 매달리는가, 왜 먼 곳으로부터 온 낯선 이의 기록을 기어이 한국어로 옮기려 애쓰는가 하는 것이었다. 당시에는 그 속에서 나의 조각들을 발견했기 때문이라고 생각했다. 시간이 흐른 지금은, 어떤 이야기는 반드시 이야기되어야만 한다고, 끝내 그것을 둘러싼 비밀을 깨뜨려야만 이야기가 계속 살아갈 수 있다고, 그렇게 계속된다면 언젠가 어딘가에, 누군가에게 가닿을 수 있다고 생각할 따름이다. 아마도 이것이 라리사 니칼라예브나가 나지라 하미둡나의 공책들을 내게 보낸 이유가 아닐까.

슬픔과 그리움, 기억의 빈틈은 사람의 말로 번역될 수 있을까. 나는 한 사람의 이야기가 다른 사람에게 온전히 전해지는 것은 기적에 가까운 일이라고 생각해왔다. 지금은 감히, 그 기적에 가까운 일을 간절히 바라고 싶다.

2020년 여름, 서울에서

윤

나의 마지막 하숙생이었던 윤에게

따로 안부를 묻지는 않으마. 우징에게서 네가 잘 지내고 있다는 소식을 가끔 듣는다. 구십 년 가까이 살아서 좋은 점은, 어떤 것들을 아주 무럭대고 믿게 된다는 것이지. 사후 세계가 있다고, 그리고 그곳에서 먼저 떠난 이들과 나의 유일한 개였던 무무를 다시 만나게 되리라고 나는 믿지. 그리고 윤, 네가 한국에서 잘 살아가리라는 것을 믿는다.

작년에 나는 딸을 앞세워 떠나보냈다. 아마도 그게 내 인생의 마지막 시련이겠지. 견딜 수가 없더구나. 너무한 일이지. 그럴 필요까진 없었는데. 신은 분명 어딘가가 고장난 게야.

떠나기 얼마 전에, 그애는 나를 찾아와서 공책들을 맡기고 갔다. 언젠가 찾으러 오겠다고 하더구나. 나중에야 그애가 죽음을 예감했던 걸까 싶었지. 그 생각이 든 날 밤 나는 많이 울었단다.

공책들 속의 이야기는 그애의 이야기이면서 그애의 이야기가 아니더구나. 일기도 소설도 아니었지. 글쎄, 그런 걸 뭐라고 하는지 모르겠다만, 그 이야기는 그냥 그애 자체였지. 나지라 하미돕나 유수포바였어. 나는 이 기록을 모두 읽고 나서 윤, 너를 떠올렸다. 너는 이야기를 쓰는 사람이니까. 이야기는 살아가고, 어떻게든 우리 곁에서 살아남는다는 것을 우리는 알고 있지 않니. 나는 공책들을 너에게 보내고 싶더구나. 네가 읽어봤으면 한다. 읽어보고, 네가 이 이야기를 위해서 무언가를 해줄 수 있다면 감히 부탁하마. 그렇게 해주기를. 내가 바라는 건 그것뿐이다. 이제 내가 더 바랄 게 뭐가 있겠니.

마지막으로, 언젠가 넌 네 돋보기 안경이 네 인생의 주제이자 한계라고 말했었지. 나는 그것이 널 더 돋보이게 한다고 생각했었다. 그건 지금도 마찬가지. 함께 살 때 그 말을 해주지 못했더구나. 모든 결핍은 아름다울 자격이 있지. 누가 뭐래도 나는 그렇게 생각한다.

2015년 겨울
라리사

1장

처음 있는 일은 아니었다.

나는 눈사람이 되어 있다. 겨울 끝자락의 한낮, 따사로운 햇볕
이 희고 차가운 몸 위로 쏟아진다. 헐벗은 참나무들 사이에 서서
녹고 있다. 서서히.

나의 가장 바깥쪽, 정수리와 손가락, 땅을 디딘 발바닥부터 무
르고 투명해지기 시작한다. 점차 눈앞이 흐려지고 소리가 멀어진
다. 냄새도 감촉도 사라진다. 가장자리가 녹아내리고 있다는 희미
한 감각만이 살아 있음을 느끼게 한다.

언제였을까. 내가 처음 눈사람이 된 것은. 눈사람이 된 나에게

도 지나온 나날이 있지 않을까. 조심스럽게 두 손바닥을 펼쳐 가만히 내려다본다. 지문과 손금이 있었을 자리를 짐작해본다. 햇빛을 받은 손바닥이 환하게 빛난다. 눈이 부시다. 반짝거릴 때마다 두 손이 조금씩 작아진다. 얼마 지나지 않아 움켜잡으면 부스러질 듯 자그마한 아이의 손이 된다. 물방울들이 손끝에 맺혔다가 바닥으로 떨어진다. 셀 수 없이 많은 물방울이 되는 나. 더는 사람도 눈사람도 아닌 나. 분자가 되는 나. 작고 투명해진 나는 아득한 옛일을 떠올릴 때처럼 가까스로 기억 하나를 붙잡는다. 전에도 나는 똑같은 순간을 산 적이 있었다. 병원 복도 의자에 앉아 선잠이 들었을 때였다. 지난해 겨울이었을 것이다. 아마도.

누군가 나를 흔들어 깨웠다. 자글자글하고 칙칙한 입술이 눈에 들어왔다.

어디까지 가시우?

한 노파가 나를 바라보고 있었다.

기사 양반 말로는 당신이 벌써 한 바퀴를 돈 것 같다던데?

노파가 주름진 얼굴을 한껏 구기며 말했다. 그의 쉿소리에 다른 승객들이 나를 힐끔거렸다. 나는 미니버스의 차창 밖을 무심히 내다보았다. 먼지로 얼룩진 유리에 낯익은 여자의 모습이 흐릿하

26

게 비쳐 보였다. 푸석하고 표정 없는 얼굴. 눈이 부신지 오른쪽 눈가를 일그러뜨렸다. 내 것이었다. 가로수 잔가지 사이로 햇빛이 쏟아지고 있었다. 찬란했다. 수만 개의 바늘 끝처럼 날카롭게 빛났다.

눈을 감았다. 조금씩 짙어지는 어둠 속에서 방금 본 것들을 떠올렸다. 가로수, 상점, 도로, 자동차들. 지금의 내 모습을 구체적으로 그려봤다. 거친 노면 위로 바퀴가 구른다. 네 개의 바퀴 위에 낡은 버스의 차체가 있고 차 안에는 내가 앉아 있다. 버스 엔진 소리가 점점 가깝게 들려온다. 그것은 엔진 소리였다가 심장 소리로 바뀌어간다. 마침내 짙은 암전. 나는 눈꺼풀에 힘을 주어 더 꼭 눈을 감았다. 다음을 생각하자. 이 순간의 다음, 나를 기다리고 있는 무대, 다시 빛이 쏟아지면 해야만 하는 말과 몸짓, 눈을 감는다고 해서 사라지진 않을 한 치 앞의 현재. 어쩌면 내가 잃어가고 있는 것은 이전이 아니라 다음일지도 모른다. 가려고 했던 곳을 떠올리려 애썼다. 기억나지 않았다. 흘러내린 가방끈을 어깨에 걸치며 눈을 떴다. 따가운 햇빛이 쏟아져들어왔다. 그제야 온몸이 땀에 젖어 있다는 걸 알았다.

여기가 어디쯤이죠?

지벡졸루라우. 곧 서부터미널에 도착할 거유.

노파는 검버섯이 핀 입가를 손바닥으로 연신 문지르다가 주머니에서 손수건을 꺼내 입가와 손을 닦았다. 붉은 튤립과 'Света스베타'*라는 이름이 수놓인 희고 정결한 손수건이었다. 노파와 눈이 마주쳤다. 그는 깊고 총기 있는 눈빛으로 나를 들여다보았다. 그의 시선을 피해 차창으로 고개를 돌렸다. 온몸에서 가만가만 차가운 땀이 흘러내리는 것이 느껴졌다. 바깥 풍경에 집중해보려고 했다. 하늘의 깊이며 가로수 잎사귀의 빛깔, 멀리 보이는 설산의 선명함이 5월임을 일깨워주었다. 손등으로 이마에 맺힌 땀을 훔쳤다. 갈증이 났다.

　괜찮은 거유?

　노파의 손이 무릎에 닿았다. 마디가 굵고 뭉툭한 손. 따뜻했다. 나는 그에게 말없이 웃어 보였다. 두 뺨이 말라버린 빵 반죽처럼 뻣뻣해서 웃는 얼굴로 보일지는 알 수 없었다.

　괜찮은 거야, 나지라?

　내가 멍하니 앉아 있을 때면 다정하게 들려오던 목소리. 올가, 나의 오랜 벗 올렌카**. 어떻게 그 이름을 까맣게 잊은 채 앉아

---

　* 스비틀라나의 애칭.
　** 올가의 애칭.

있을 수 있었을까. 분명 그럴 수 없는 일인데도 나는 그럴 수 있었다.

종점인 서부터미널에 도착하자 승객들이 탈출하듯 버스에서 내렸다. 나는 서두르지 않고 사람들이 모두 내릴 때까지 기다렸다. 손목시계가 네시 이십분을 가리켰다. 버스에서 내렸을 때 노파는 짐꾸러미를 바닥에 내려놓은 채 버스 출입문 옆에 서 있었다. 그가 눈을 치켜뜨며 내 안색을 살폈다.

혹시 도움이 필요하우?

나는 고개를 저었다.

괜찮아요. 고맙습니다.

노파는 끙 소리를 내며 짐꾸러미를 양손에 나눠 들었다. 허리를 펴고 잠시 나를 빤히 쳐다보다가 이내 뒤돌아 터미널을 향해 걸어갔다. 등허리는 굽었지만 걸음걸이는 흐트러짐이 없었다. 한 발, 한 발 단단하게 내디디며 나아갔다. 한 사람의 육신이 앞으로 굽었다는 건, 휘어졌다는 건 그가 지난한 세월을 통과하며 끝내 부러지지 않고 살아남았다는 증거다. 맨몸으로 생과 맞설 때 기꺼이 자신을 굽혀왔다는 곡선의 징표. 노파의 자그마한 등허리 위에 라라* 아주머니의 굽은 등이 겹쳐졌다. 그 위로 나이든 올가의 뒷모습이 포개졌다. 노파는 점점 멀어져 터미널 안으로 사라졌다. 나이가 들어 굽어버린 내 등은 끝내 겹쳐 보이지 않았다.

나는 이곳에 있다.

터미널 앞 노점상에서 물을 샀다. 근처를 서성이며 단숨에 한 병을 거의 다 들이켰다. 미풍이 불어와 젖은 이마를 어루만졌다. 숨을 크게 들이쉬어보았다. 가슴께가 부풀어올랐다 가라앉았다. 나는 이곳에 있다. 아직 있다. 속으로 되뇌었다. 여전히 목이 말랐다. 이 갈증은 어디에서 오는 것일까. 목구멍, 위장, 아니면 말라가는 기억에서일까.

기억을 잃고 사는 건 죽은 것과 마찬가지예요.

언젠가 쿠르만이 말했다. 그때 그는 울분에 찬 소년처럼 두 주먹을 움켜쥐고 있었다. 그게 정확히 언제였을까.

남아 있던 물을 모조리 입안에 털어넣었다. 플라스틱 병에 맺힌 물방울이 햇빛에 반짝이는 찰나, 잊고 있던 다음이 선명하게 떠올랐다. 올가. 올가를 만나러 가야 한다. 그가 나를 기다리고 있다.

---

* 라리사의 애칭.

* * *

약속을 잊은 것 역시 처음 있는 일은 아니었다.

올가가 아직 카페에 있을까. 늘 마시던 살구주스를 마시며 내 걱정을 하고 있을까. 종점인 서부터미널에서 모스콥스카야판필로바까지 족히 삼십 분이 걸리고 정거장에 내려 카페 베료자까지 십 분을 더 걸어가야 한다. 올가와의 약속에 한 시간을 늦게 된 셈이었다. 이번에야말로 올가는 그동안 참아왔던 말을 꺼낼지도 모른다. 이제 고집은 그만 부리고 휴대폰을 사는 게 어떠냐고.

널 위해서 말고 날 위해서. 응?

그런 말을 할 때면 올가는 어린 자식을 달래는 엄마의 얼굴이 된다. 오늘 올가가 거듭 그렇게 말한다면 나는 못 이기는 척 고개를 끄덕일지도 모른다. 이제 정말 내 알량한 고집 따위는 꺾어야 할 때인지도 모른다. 올가를 위해서라도.

다섯시가 되어서야 카페에 도착했다. 우리가 즐겨 앉는 원형 탁자 자리에는 다른 손님이 앉아 있었다. 안을 둘러보았지만 올가는 보이지 않았다. 잠깐 자리를 비운 것인지, 얼마쯤 기다리다가 집으로 돌아간 것인지 알 수 없었다. 숨을 고르며 문 앞에 서 있었다. 주인인 아냐가 눈인사를 했다. 뒷문 근처 창가 자리에 앉았다.

5월의 오후 다섯시는 더없이 평화로웠다. 시간이 맑고 잔잔한 물결처럼 흘러갔다. 그러나 그것은 나의 시간은 아니었다. 그 흐름 속에 나는 없었다. 어느 먼 우주의 블랙홀에서 흘러나온 검은 기름처럼, 나는 시간 속에 온전히 머물지 못하고 시간의 표면을 맴돌고 있었다. 블랙홀에서 무언가가 유출된다는 건 불가능해요. 블랙홀은 한없는 수축이에요. 쿠르만이라면 내 비유를 그렇게 정정해줄 것이다. 나 또한 그것을 모르지 않았다. 이 비논리적인 감각을 그에게 어떻게 설명할 수 있을까. 나는 이곳에 있지만 여기에 없어요. 무한히 수축하지만 동시에 어딘가로 유출되고 있어요. 폭식하듯 빛을 빨아들이지만 한없이 어두워요. 캄캄해져요, 쿠르만. 이 고백은 그에게 닿지 못할 것이다. 이 고백은, 말로 뱉어지지 못하고 내 안에서 나에게만 발설된다. 나는 입을 굳게 다무는 방식으로 모든 것을 말해버린다.

아냐가 주문한 차를 내왔다. 그가 말없이 탁자 위에 찻주전자, 찻잔, 각설탕이 담긴 작은 접시, 은빛 찻숟가락을 차례대로 내려놓았다. 마치 공기와도 같은 아냐의 움직임. 그는 서두르는 법이 없다. 미소나 친절도 없다. 무겁지도 차갑지도 않다. 언제나처럼 변함없는 그의 태도가 나를 안심시켰다. 올가가 왔었는지 물어보려다 그만두었다. 올가는 어디에 있을까. 벽시계가 다섯시 십분을 가리켰다. 별안간 갈증을 참을 수가 없어 덜 우러난 차를 연거푸 두 잔 마셨다.

5월 11일 4시, 올가, 카페 베료자.

뒤늦게 가방에서 수첩을 꺼내 펼쳐봤다. 눌러쓴 글씨가 타인의 것처럼 낯설었다. 약속이나 해야 할 일을 잊지 않으려고 메모를 해두곤 하지만 가끔은 메모를 했었다는 사실 자체를 잊어버린다. 차를 한 잔 더 따르고 각설탕을 집어넣었다. 미세한 공기 방울들이 떠올랐다가 흔적없이 사라진다. 망각처럼 잠잠하다. 아무 일도 일어나지 않았던 것처럼 모든 것이 제자리에 있다. 잔 속에 고인 붉은 차, 비스듬히 놓인 숟가락, 의자 등받이에 기대어 앉은 나.

이제 카페 전화를 빌려 올가에게 전화를 걸어보는 게 좋을 것 같았다. 약속 시각을 착각했다고 말하자. 그러면 그는 우리 이제 정말 늙었나봐, 라며 호들갑을 떨겠지. 한참 동안 전화기를 붙들고 우리의 늙음이나 쉰을 바라보는 여자들의 외로움과 고통에 관해 끝날 것 같지 않은 푸념을 늘어놓겠지. 그것이야말로 누구와도 비교할 수 없는 올가의 사랑스러움이다. 카랑카랑한 그의 목소리가 몹시 그리워졌다. 전화를 걸자. 이 잔을 비우고.

나지라, 무슨 생각을 그렇게 해?

올가가 맞은편 자리에 앉으며 소리 내어 웃었다.

입구에서부터 널 몇 번이나 불렀다고.

그는 손짓으로 아냐를 불러 살구주스를 주문했다. 겉옷을 의자 등받이에 걸쳐두고 지그시 나를 건너다보았다.

괜찮은 거야? 안색이 안 좋아.

네가 기다리다가 가버린 줄 알았어.

그가 힐끔 벽시계를 쳐다봤다.

너무하네. 내 인내심이 십 분짜리는 아니야.

나는 괜스레 벽시계 쪽으로 고개를 돌렸다.

한 시간 늦게 만나자더니, 뭐 볼일이 있었던 거야?

내가 그랬어?

그랬지. 그저께 밤에 전화해서.

나는 투명한 잔에 담긴 살구주스가 조금씩 줄어드는 모양과 잔 안쪽에 남은 주홍빛 얼룩을 멍하니 바라보았다. 그리고 앉자마자 쉼없이 수다를 늘어놓는 올가를 보며 애써 웃음 지었다.

뭐야, 나지라. 왜 웃기만 해?

나는 말하지 않는 방식으로 내 비밀을 나에게만 누설한다.

걸어서 집으로 돌아왔다. 에르킨디크로에 늘어선 참나무를 따라 알라투 영화관까지 걸었다. 추이대로에서 직진해 보스토크 5구역으로 향했다. 길들은 여전히 거기에 있었다. 길들의 이름을 나는 여전히 알 수 있었다. 놀랄 일도, 그렇다고 안심할 일도 아니었다.

나는 늙어가고 있고 죽음에 이르는 하나의 방법으로 서서히 나를 지우고 있다. 병원 복도에서, 공원 벤치나 버스 구석자리에서, 때로는 벌거벗은 채로 욕조에 누워서, 내가 살아 있는 시간을 성실하게 지워간다. 내가 하루하루 죽음을 향해 다가가고 있다는 사실을 인지한다. 그것이 살아감의 다른 표현이라는 것을 안다. 내기억이 한꺼번에 사라지지는 않기 때문에 죽은 것과 마찬가지인 삶이 다만 지연되고 있을 뿐이라는 것을 나는 안다. 다행스러운 일이다.

그렇다고 이 다행을 누군가와 나눠야 한다고 생각하지는 않는다. 그저 내 몫으로 주어진 다행일 뿐이다.

* * *

냄새는 일종의 후각적 시다.

그것은 선명하고 유일하며 동시에 보편적이다. 냄새 분자가 후각세포를 자극하며 공기라는 행간과 기억이라는 운율을 만날 때, 나는 한 편의 시를 맡는다.

냄새로부터 시작된 이 시는 삽시간에 나를 둘러싸고 시간과 공간을 뒤틀어놓는다. 노을로 물든 거실에 함박눈이 내린다. 중년 여자의 성대에서 소녀의 목소리가 울린다. 오래전 갓 태어난 내 몸을 단단하게 감싸던 포대기가 얼룩진 앞치마가 되어 허리에 묶여 있다. 등이 굽고 손이 나뭇가지처럼 말라가는 모든 나이든 여자에게서 만난 적 없는 어머니의 체취를 맡는다.

미래형을 모르는 나의 시어. 떠밀리는 세월 속에서 쉴새없이 요동치는 부표 같은 나의 시어. 때를 묻히고 추억을 구기며 난폭하게 출몰하는 나의 시어. 냄새는 불시에 찾아오고, 피할 길 없는 냄새 속에서 나는 미완으로 남을 수백 수천의 시어를 온몸으로 감각한다.

상자에서 상한 사과를 골라내고 있을 때 현관문 열리는 소리가 들렸다.

쿠르만, 어떻게 된 거예요?

교수 모임을 마치고 돌아오기엔 너무 이른 시간이었다. 쿠르만은 서류 가방을 식탁 의자 위에 올려놓은 뒤 개수대로 향했다. 수도꼭지를 비틀고 언제나처럼 주방 세제를 손에 묻혀 거품을 냈다. 안경을 벗어 손에 남은 거품으로 안경알을 꼼꼼하게 문질러 닦았다. 그는 한참 뜸을 들였다.

그런 자리는 좀체 익숙해지지가 않아요.

나는 사과의 문드러진 부분을 칼로 도려냈다. 갈색으로 변한 물컹한 과육에서 달큼한 냄새가 진하게 풍겼다.

어떤 전공으로 학위를 받았든지 간에 결국엔 다들 정치를 하고 있어요.

국문학 정치, 수학 정치 뭐 그런 거요?

흐르는 물에 안경을 헹구며 그가 낮게 웃었다.

몸이 안 좋다고 했어요. 그렇게 말하고 나니까 정말 그런 것 같기도 하고요.

그는 마른 수건으로 손을 닦고 식탁 앞에 앉았다. 눈두덩이 붉었다. 피로가 습관이 돼버린 까칠한 얼굴. 안경 코 받침에 눌린 자국이 콧부리에 선명했다.

그래요. 이제 대학엔 정치꾼들밖에 남아 있지 않은 거 같네요. 그렇다고 해도 쿠르만, 이것들은 더 나은 대접을 받아야 했어요.

나는 상자 두 개와 식탁 위에 수북이 쌓여 있는 상한 사과를 가리켰다.

이 집에 사과를 먹을 수 있는 사람이 둘뿐이라는 걸, 사람들은 아직도 모르는 걸까요?

쿠르만, 그건 핑계가 안 돼요. 이렇게 썩어 문드러지도록 연구실에 처박아둘 필요는 없었다고요. 이것들이 이렇게 버려지려고 몇 달 동안이나 나무에 매달려 있었을 것 같지는 않거든요.

그럼, 세잔풍 정물화라도 하나 그려야 할까요?

식탁보 주름은 기꺼이 내가 잡아줄게요. 지금은 일단 잼부터 만들고요.

쿠르만은 턱을 괸 채 빙긋 웃었다. 그리고 잠시 고개를 돌려 집 안쪽을 바라보았다.

카탸는 어때요?

오늘 변비를 해결했어요.

정말요? 잘됐네요. 정말 잘됐어요.

쿠르만의 섬세한 콧날과 광대뼈가 일순간 환해졌다. 그는 소매 끝으로 안경에 남은 물기를 닦은 뒤 다시 안경을 걸쳤다. 가방을 들고 일어선 그가 툭툭 외투를 털고 허리를 곧게 폈다.

어때요? 괜찮아 보여요?

유난히 고단했던 날이면 쿠르만은 짜증이나 울분, 슬픔 같은 감정이 외투에 묻어 있기라도 한 것처럼 손바닥으로 툭툭 어깨와 소매, 엉덩이를 털었다. 그러고는 꼿꼿하게 자세를 가다듬고 내 앞에 서서 어떠냐고 묻곤 했다. 카탸와 마주하기 전 검사라도 받는 몸짓이었다. '이 정도면 카탸가 속아줄까요?'라고 묻는 것만 같았다. 나는 그의 흐트러진 앞머리를 손으로 빗겨주었다.

아주 좋아요.

그가 침실 쪽으로 들어갔다. 나는 오븐을 열어보았다. 뜨거운 열기 속에서 조린 사과가 연갈색으로 알맞게 익고 파이 껍질이 노릇노릇하게 구워지고 있었다. 사과와 시나몬, 버터 향이 섞여 집 안 구석구석으로 퍼져나갔다.

파이예요?

쿠르만이 어느 틈에 다시 부엌으로 돌아와 있었다. 그는 오븐 쪽으로 한 걸음 다가서서 깊게 숨을 들이마시며 두 눈을 감았다.

카탸 방으로 가져다줄까요?

당신도 같이 먹어요, 나지라. 제가 차를 준비할게요.

찬장에서 포크 세 개와 파이 접시 세 개를 꺼냈다. 쿠르만은 주전자에 찻물을 올리고 찻잔 세트 세 개와 찻잎을 꺼냈다. 이것은 우리가 늘 지켜온 방식이었다. 누군가는 예의가 아닌 것 같다고, 누군가는 잔인하다고도 했던 우리만의 방식. 나는 카탸 몫의 차와 파이까지 쟁반에 담아 카탸의 방으로 갔다. 방문을 뜯어내버린 문지방을 지나 불그스름한 노을이 비추는 방으로 들어섰다. 쿠르만이 침대 옆에 서서 카탸의 얼굴 앞으로 고개를 숙였다.

카탸, 나 왔어.

그가 카탸의 손을 끌어와 잡았다. 침대 위에 곧게 누워 있는 카탸의 회갈색 눈동자가 쿠르만을 똑바로 바라보았다.

왜 이렇게 빨리 퇴근했냐고?

카탸가 눈을 한 번 깜빡였다.

오랜만에 개기고 싶어서.

쿠르만이 부끄러운 듯 말꼬리를 흐렸다.

나는 파이와 차를 침대 옆 협탁에 내려놓았다. 노을빛이 가득한 방 한가운데에서 파이가 서서히 식어갔다. 시나몬 향이 방안 가득 퍼졌다. 카탸가 느리게 두 눈을 감았다가 떴다.

이건 완벽한 냄새예요.

쿠르만이 귓가에서 속삭였다. 나는 갖가지 세제가 키 높이까지 쌓인 진열대 앞에서 주방 세제를 고르고 있었고 부엌에서 오븐을 열어 뜨거운 사과파이를 꺼내고 있었다. 쿠르만은 겉옷도 벗지 않은 채 마실 차를 준비하고 있었고 손바닥에 주방 세제를 묻혀 거품을 내고 있었다. 연둣빛 풋사과가 그려진 독일산 주방 세제가 개수대 구석에 놓여 있었고, 연둣빛 풋사과가 그려진 독일산 주방 세제가 내 손에 들려 있었다. 할인 판매를 외치는 직원의 목소리가 매장에 울려퍼지고 있었고 쿠르만이 막 꺼낸 파이를 자르기 위해 칼을 쥐고 고개를 숙이고 있었다. 그의 얼굴 가까이에서 풋사과 향이 나고 있었고 코끝에 걸쳐진 안경알이 투명하게 빛나고 있었다. 풋사과가 그려진 세제를 움켜쥐고 있는 내게 쿠르만이 파이를 접시에 옮겨 담으며 말했다.

나지라, 이건 완벽한 냄새예요. 슬퍼질 정도로요.

* * *

이카티리나. 아름다운 카튜샤*. 쿠르만의 아내.
나는 사 년 가까이 그의 간병인으로 일했다.

이따금 사람들이 묻는다. 간병인의 삶은 어떠냐고. 나는 대답한다. 희망으로 가득차 있다고. 그런 내 대답을 들으면 사람들은 나

---

* 카탸, 카튜샤 모두 이카티리나의 애칭.

를 의심스럽게 바라본다. 마치 다가오는 죽음 앞에 희망이 있다는 사실을 믿을 수 없다는 듯이, 자기 힘으로 손가락 하나 움직일 수 없는 사람들을 돌보는 일에 희망이 가당하기나 하냐는 듯이.

내가 말하는 희망은 환자들이 병을 극복할 것이라는, 온전한 육체로 회복되거나 정상적인 삶으로 복귀할 것이라는, 막연해서 결국 절벽과 같은 슬픔으로 떠밀리고 마는 그런 희망이 아니다. 그들이 언젠가는 고통에서 벗어날 것이라는 희망, 고통을 견디는 동안에는 사랑하는 사람들 곁에서 숨쉬며 살아 있을 것이라는 희망, 차라리 체념이라는 이름이 어울리는 희망이다. 누군가는 그런 건 제대로 된 희망이 아니라고 반박할지도 모른다. 그러나 그 누가 알맞은 정도의 희망을 논할 수 있을까. 희망은 정도의 문제가 아니다. 때때로 우리를 살아가게 하는 건 체념에 뿌리를 내리고 자라나 일상에 푸른 잎을 내보이는 희망이다. 나는 그런 희망이 나쁘거나 틀린 것, 제대로 되지 않은 것이라고는 생각하지 않는다.

새벽 다섯시 반이면 타냐가 내 방문을 두드린다. 밤사이 내가 깨지 않고 줄곧 잠들어 있다가 그 짧고 둔탁한 소리를 듣는다면 그것은 카탸의 무사를 알리는 신호다. 침대에서 몸을 일으켜 방문을 열면 타냐가 졸음 섞인 목소리로 인사를 건넨다.

좋은 아침이에요, 나지라.

거실 불빛을 등진 둥글고 부드러운 타냐의 실루엣. 나를 부르러 올 때면 늘 볼이 조금 상기되어 있다. 타냐가 나와 눈을 맞춘 뒤 느릿한 동작으로 돌아선다. 그리고 앞장서 카탸의 방으로 향한다. 밤 동안 카탸가 잠은 잘 잤는지, 가래와 대소변의 양이나 상태는 어땠는지를 내게 알려준다. 나는 카탸와 눈을 맞추고 몇 마디 말을 건넨다. 지난밤에 보았던 뉴스나 사소한 일상에 관해 그에게 들려준다. 이야기를 하면서 아침 마사지를 시작한다. 밤새 굳었을 카탸의 등에서부터 어깨, 팔꿈치, 손목, 손가락, 이어서 허벅지, 종아리, 발목, 발가락 순으로 관절과 근육을 만져 풀어준다. 한 시간 가까이 전신 마사지를 한다. 그사이 타냐는 사용한 기저귀나 물휴지를 버리고 침대 주변을 정리한 다음 집으로 돌아갈 채비를 한다. 그때쯤이면 부엌에서 그릇이 달그락거리는 소리와 텔레비전 뉴스 소리, 조용히 집안을 오가는 쿠르만의 기척이 들려온다.

저녁에는 따뜻한 물에 적신 수건으로 카탸의 몸을 구석구석 닦는다. 목욕은 보통 나흘에 한 번꼴로 하는데, 종종 오후 햇볕이 좋아 카탸를 휠체어에 태우고 산책을 하고 돌아온 날이면 저녁에는 꼭 타냐와 함께 카탸를 욕조에서 씻긴다. 침대에서 휠체어로 다시 휠체어에서 침실 안쪽 욕실에 있는 욕조로 카탸를 옮기기 위해서는 두 사람의 힘이 필요하다. 먼저 따뜻한 물 속에 몸을 누이고 그의 등뒤에 받침을 세워 앉힌다. 춥지 않도록 물을 자주 끼얹어주면서 비누 거품을 낸 보드라운 해면 스펀지로 온몸을 문지른다. 카탸의 몸에 어떤 작은 변화들이 생겼는지 꼼꼼하게 살피면서 라벤더 오일과 보습제를 섞어 씻긴다. 카탸의 몸에서 변화를 발견하면 가감 없이 그에게 이야기해준다. 발진, 두드러기, 부종, 각질, 부르튼 살갗에 관해. 마지막으로는 머리를 감긴다. 아르간 오일을 두피에 발라 마사지하고 헹군다. 머리카락의 물기를 닦아낸 다음 수건으로 머리를 단단히 감싼다. 모든 과정은 서두르는 일 없이 조심스럽게 이루어진다. 특히 타냐나 내가 카탸를 옮기다가 미끄러지면 안 되기 때문에 욕실 바닥에는 조금의 물기도 있어서는 안 된다. 카탸를 옮길 때는 모서리에 부딪히지 않도록 주의를 기울여야 한다. 목욕 후에는 몸의 물기를 최대한 빨리 닦아내는 것도 중요하다. 욕실에는 한여름을 제외하고는 늘 라디에이터나 난로를 켜놓는다. 목욕은 한 시간 십 분에서 이십 분 정도가 걸린다.

마비된 몸 역시 살아 있는 다른 모든 몸과 마찬가지로 시간을 통과하며 변화와 노화를 겪는다. 내게 그건 너무나도 당연한 일이지만 사람들은 그 사실을 잘 알지 못한다. 드라마나 영화에서는 전신이 마비된 사람의 몸을 흡사 시간이 흐르지 않는 몸처럼 보여준다. 몇 년을 침상에 누워 있었는데도 그들의 피부는 눈부시게 매끈하다. 그들의 몸은 마치 긴 잠에서 깨어난 것처럼 고스란하다. 다른 경우는 마비된 몸이 환자복 속에만 머물러 있다. 환자복이 그들의 피부가 되고, 정체성이 되어 있다. 사람들은 마비가 곧 시간의 정지라고 여기는 것 같다. 그것은 커다란 착각일 뿐 아니라, 마비된 몸으로 살고 있는 사람들의 시간을 인정하지 않는 태도다. 그런 몰이해는 참고 보기가 힘들다.

타냐가 쉬는 수요일과 주말에는 쿠르만이 목욕을 돕는다. 그와 함께 카탸를 씻길 때면 이따금 욕실에 시디플레이어를 가져와 음악을 틀어놓는다. 러시아 옛 가곡들, 슈베르트의 〈겨울 나그네〉 연가곡. 카탸가 즐겨 듣고 부르던, 어딘가 쓸쓸한 구석이 있는 노래들을 들으며 카탸의 몸을 씻다보면 걷어올린 소맷자락이 흘러내리고 이마와 목덜미, 가슴팍이 땀에 젖는다. 쿠르만과 나의 말수는 점점 줄어든다.

타냐나 쿠르만이 카탸의 몸을 마른 수건으로 닦고 로션을 바르는 동안, 나는 침대 시트와 베갯잇을 갈아끼운다. 서랍장에서 기저귀와 환자용 잠옷을 꺼내놓는다. 카탸를 침대에 눕히고 나면 쿠르만은 부엌과 거실을 서성이며 진한 커피를 한 잔 마신다. 이것이 이 집의 특별할 것 없는 하루 풍경이다.

며칠 동안 카탸의 상태가 그리 좋지 않았다. 소화도 배변도 신통치 않았다.

초벌구이가 끝난 도자기 화병 같은 카탸의 몸. 허옇고 거슬거슬하고 미지근하다. 살아 있음을 증명하고 있는 카탸의 육체는 그 자체로 아름답다. 해묵은 슬픔은 매일 거기에서부터 온다. 희망이 기댈 곳 없는 아름다움. 웃을 수도 말할 수도 걸을 수도 없는 아름다움. 영영 돌아오지도 떠나지도 못하는 아름다움.

타냐가 출근하기 전, 젖은 수건으로 카탸의 몸을 닦았다. 욕창이 생기지 않도록 자세를 바꿔 누였다. 오늘 카탸는 종일 나와 눈을 맞추지 않았다. 방에 들어설 때마다 줄곧 눈을 감고만 있었다.

카탸가 잠 속에 가라앉아 있을 무렵 쿠르만이 현관문을 열고 들어왔다.

퇴근하고 돌아오면 그는 대개 손과 안경을 먼저 닦고 카탸의 방으로 들어가 카탸가 누워 있는 침대에 잠시 엎드린 채로 존다. 오늘도 그는 이십 분쯤 카탸의 곁에서 졸 것이다. 졸다가 불현듯 누군가가 그를 놀라게 한 것처럼 퍼뜩 허리를 곧추세울 것이다. 그러고는 카탸의 창백한 얼굴을 내려다보겠지. 안에서 잠겨버린 문처럼 막막한 카탸의 얼굴에서 잠깐이나마 어떤 기미라도 스치지 않는지 살펴보겠지. 그럴 때면 쿠르만의 얼굴은 빠르게 늙는다. 시간이 가차없이 그의 얼굴을 할퀴고 그를 짓밟고 지나간다. 그의 얼굴이 뭉개지기 전에, 그라는 존재가 이 세계에서 아주 사라지기 전에 나는 그를 불러야만 한다.

쿠르만.

나는 몇 걸음 뒤에 서서 목소리를 낮추어 물었다.

저녁식사는 어떻게 할래요?

그는 최면에서 깨어난 듯 잡고 있던 카탸의 손을 살며시 놓았다.

글쎄요. 저녁 생각이 없어요.

그래도 뭘 좀 먹어야죠.

쿠르만이 힘없이 고개를 돌렸다. 창밖이 붉게 물들어 있었다. 역광에 그의 얼굴이 검게 그늘졌다. 빛을 등진 그가 가만히 나를 올려다보았다. 그의 야윈 그림자가 내 발치에까지 와닿았다. 쿠르만이 일어섰다.

곧 부엌으로 갈게요.

그가 재빠르게 나를 지나쳐 서재로 갔다. 두 뺨이 젖어 있었다.

쿠르만이 앉았던 의자에 엉덩이를 걸쳤다. 눈을 감은 카탸의 얼굴을 물끄러미 내려다보았다. 거실 끝 화장실에서 몇 번의 기침 소리와 수돗물이 흐르는 소리가 희미하게 들려왔다.

왼쪽 팔과 어깨가 참을 수 없이 저려왔다. 익숙하지만 새로운 통증이었다. 어떤 일들은 익숙하면서 동시에 새로울 수도 있다는 걸 나는 통증으로부터 다시 배운다. 우리는 배우고 싶지 않은 일들로부터 가장 확실하게 배운다. 언제나 그래왔다.

* * *

흐리스토스 보스크레스!*

흐람** 종탑에서 종소리가 끊이지 않는다. 아이부터 노인까지, 오랜만에 한자리에 모인 가족들은 일 년에 한 번 주어지는 기회를 놓치지 않기 위해 종탑에 올라 직접 종을 울린다. 파스하가 가까워오면 집집마다 하얀 달걀을 삶아 색색의 그림으로 장식을 한다. 쿨리치***와 파스하케이크****가 상점 진열대를 가득 채운다. 신실

---

* '예수님이 부활하셨다'는 뜻으로 러시아정교회의 부활절인 '파스하'에 나누는 인사. 신앙과 무관하게 축일에는 덕담처럼 쓰인다.
** 전당, 사원이라는 뜻으로 여기서는 러시아정교회 교회당을 가리킨다.
*** 파스하에 먹는 원통형 빵.
**** 파스하에 먹는 치즈케이크.

한 어머니들은 금식 기간이 끝나면 커다란 가방을 들고 시장으로 향한다. 거리를 오가는 사람들 손에는 축성을 받은 케이크 상자와 가족과 함께 나눌 음식이 들려 있다. 부활절 인사를 건네고 달걀을 주고받는다. 파스하를 맞은 도시는 신성과 다정함으로 술렁인다.

독립* 이후 축일 분위기도 바뀌었다. 온 도시가 몸살을 앓으며 변화를 받아들였다. 수많은 러시아인이 비슈케크를 떠나갔고, 그 빈자리에 지방 유목민과 가까운 중국에서 온 상인이 새로이 터를 잡았다. 다양한 국가에서 유학생이 들어오기도 했다.

이 도시에는 이슬람교 신자가 많다. 예배 시간이면 모스크에서 날마다 다섯 번 아잔이 들려온다. 특히나 일몰 무렵 들려오는 아잔 소리는 어딘지 모르게 구슬픈 느낌이어서 기도를 드리지 않는 나조차도 잠깐 하던 일을 멈추고 창밖을 내다보게 된다. 기도의 응답을 믿진 않으면서도 기도를 드리고 싶은 마음이 된다.

때로는 내가 신을 믿을 수 있는 사람이라면 어땠을까 생각해보곤 한다. 그랬다면 나의 지난날과 지난날의 내가 좀더 수월하게

---

* 키르기스스탄은 1991년 8월 31일 소비에트연방으로부터 독립했다.

현재에 이를 수 있었을까. 아끼는 사람들이 짊어지고 견디는 자기 몫의 고통을 곁에서 지켜볼 때, 내 고통을 낯선 타인의 것처럼 조망할 때, 분명한 해답을, 사려 깊은 위로를 건네줄 수도 있었을까.

올가를 따라 흐람에 드나들던 시절이 있었다. 나를 신 앞의 작은 존재로 움츠러들게 하던 흐람의 드높은 천장, 화려하게 장식된 내부와 섬세한 성화, 묵묵하게 타오르던 촛불과 스카프로 머리를 가린 여인들. 흐람을 가득 채우며 울려퍼지던 성가의 엄숙함 속에서 신자들은 손을 모아 염원했고 기도를 드렸다. 비록 일 년이 조금 넘는 기간이었지만 나는 나 자신이 달라질 수 있는지, 삶을 다시 시작한다는 것이 가능한 일인지 실험했고 믿음을 갖기 위해 부단히 노력했다. 나는 절실했다. 예배가 없는 날에도 흐람에 가 성경을 읽었고 스카프로 내 존재를 감춘 채 교회와 신과 신이 창조했다는 이 세계에 내가 온전히 소속되기를 열망했다. 두 손을 모으고 알고 있는 모든 간곡한 말로 기도를 올렸다.

그러나 진정한 믿음이 무엇인지 나는 끝내 깨닫지 못했다. 나에게 믿음이란 믿음을 가지려는 마음, 믿어보려는 마음 그 이상의 것이 되지 못했다. 눈부신 빛무리의 형상을 한 신의 모습을 보았다는 이들, 신의 음성을 자신의 온 존재를 통해 들었다는 이들의 간증을 접할 때면 믿음을 가지려는 내 마음은 턱없이 모자라고 나약해서 내 눈과 귀를 일깨우지 못한다는 한계를 실감할 뿐이었다.

내가 흐람에서 설파하는 믿음의 경지에 다다르지 못한 것은 신의 잘못도, 그렇다고 나의 잘못도 아니었다. 그저 그렇게 된 일이었고 그것이 나라는 사람이었다. 언젠가 신부 중 한 사람이 믿음이란 손쉽게 얻어지는 것이 아니며 우리가 가진 소명은 각자 다르다고 내게 일러주었다. 그의 말은 틀리지 않았다. 그러나 나는 곧 내가 생각하고 바라던 믿음과 교회가 말하는 믿음이 애초에 같지 않음을 깨달았다. 어쩌면 그것은 내가 처음 올가의 손에 이끌려 흐람의 첫 계단을 밟았을 때부터 내 안에 숨겨져 있던 진실이었다.

지금까지도 나는 믿음을 향한 열망을 버리지 않았다. 다만 그것이 그렇게 고귀하고 드높은 곳에 있지는 않다고 여길 따름이다. 삶의 신비는 사람인 우리가 결코 엄밀하고 어긋남 없는 수준의 객관에 도달할 수 없다는 것이다. 끊임없이 타인이라는 거울을 통해 자신을 비추어 볼 수밖에 없다는 것. 그것은 세상과 동떨어진 외로운 사람들, 적요와 고독 속에 파묻혀 오롯이 혼자라고 확신하며 살아가는 사람들, 그러니까 우리에게도 적용된다. 신이 있다면 그 존재는 타인이라는 거울을 바라볼 수 있게 만드는, 우리 자신의 모습을 반사하는 빛이 아닐까. 사방에서 우리를 향해 쏟아지는 빛, 그 자체가 아닐까.

보이스티누 보스크레스!*

부활절 주간의 목요일이었다. 퇴근한 쿠르만이 식탁에 상자 하나를 올려놓았다. 성화가 섬세하게 그려진 고급스러운 상자였다. 그는 외투 주머니를 뒤적여 붉은색 달걀 두 알도 꺼냈다.

제자 몇이 돈을 모아 샀다는데 돌려보낼 수는 없어서요.

파스하케이크였다. 그가 씁쓸하게 웃었다.

이렇게 제대로 된 건 오랜만에 보네요

나는 짐짓 별일 아니라는 듯 상자에서 케이크를 꺼내 손가락 끝으로 트보록**을 찍어 맛보았다. 쿠르만은 우울한 표정을 감추려 애쓰면서 내 곁에 우두커니 서 있었다.

쿠르만.

그는 아무런 대답 없이 파스하케이크를 내려다보기만 했다. 나는 그를 한번 더 불렀다. 쿠르만은 내 얼굴 너머를 잠시 바라보다

---

* '진실로 부활하셨네'라는 뜻이다. '예수님이 부활하셨네'라는 인사에 '진실로 부활하셨네'라고 화답하는 것이 파스하의 오랜 전통문화이다.
** 파스하케이크의 주재료인 코티지치즈.

가 고개를 숙였다.

트보록이 잔뜩 묻어 있었대요. 오른쪽 뺨하고 귀에. 카탸가 병원에 실려왔을 때요.

쿠르만은 그날의 기억에 찔린 것처럼 미간을 일그러뜨렸다.

급정거한 배달 트럭이 빗길에 미끄러지며 도로에 바큇자국을 남겼을 것이다. 트럭에 부딪힌 카탸의 몸이 잠시 공중으로 떠올랐을 것이다. 무자비한 유리 파열음. 앞 차창에 무수한 금이 생기고 운전기사는 얕은잠에서 막 깨어난 눈으로 악몽보다도 끔찍하고 생생한 광경을 목격해야만 했을 것이다.

그날은 오후 내내 차가운 부슬비가 내렸다. 부활절 하루 전이었고 카탸의 스물다섯번째 생일을 한 달 남짓 앞둔 때였다.

병원에서 카탸의 간병을 시작한 지 얼마 지나지 않았을 때였다. 아직 카탸의 의식이 돌아오지 않은 상태였다. 어느 날인가 오랫동안 병실 창밖을 내다보던 쿠르만이 내게 물었다.

당신은 신을 믿으시나요?

나는 카탸의 손등에 로션을 바르며 심상하게 대답했다.

믿고 싶어요. 그런데 쉽지 않더군요.

쿠르만이 어깨를 움츠린 채 자기 목덜미를 주물렀다.

모두들 카탸를 위해 기도하겠다고 하면서 돌아갔어요. 저에게도 기도를 드려보라고 하더군요. 간절한 기도는 꼭 응답을 받는다고요.

창밖 정원 쪽에서 까마귀 울음소리가 바람을 찢으며 들려왔다.

저는 기도를 해본 적이 없어요.

쿠르만의 목소리가 떨렸다. 예고 없이 들이닥친 무력함으로 그는 떨고 있었다. 무엇으로도 꺾어놓을 수 없을 거대한 무력감이 그의 어깨를 짓눌렀다. 카탸가 깨어나지 않는 건 신을 향한 그의 간절함이 부족하기 때문일까. 그가 지금까지 살아온 삶이 신 앞에서는 부정한 생에 지나지 않기 때문일까. 그렇지 않다는 걸, 그럴 리가 없다는 걸 그도 모르지 않을 것이다. 그러나 병원에서 맞이하는 계절이 거듭될수록, 절망의 이유가 더 구체적으로 길어질수록 환자의 가족들은 자신의 무력함을 탓하고, 나아가 자기 자신을 미워하기 시작한다. 무력감과 미움은 서글프게도 그들이 깊은 사랑으로 묶여 있다는 분명한 증거가 된다. 증거는 증거일 뿐, 증거가 현실에서 할 수 있는 일은 아무것도 없다. 어쩌면 한 사람이 동시에 여러 사람을 깊이 사랑할 수 없는 이유는 우리가 사랑으로 인해 필연적으로 겪게 되는 무력감과 자신을 향한 미움을 전부는 감당할 수 없기 때문이다. 우리는 그것들을 감당할 수 있을 만큼 만 타인을 사랑할 수 있다.

기도하는 방법이라면 제가 알려드릴 수도 있어요.

나는 손바닥에 남은 로션을 손등에 문질렀다. 코코넛 향이 은은 하게 풍겼다. 쿠르만을 향해 돌아앉았다. 그가 고개를 들었다.

원하신다면 말이에요. 하지만 전 뭐가 됐든 당신이 하고 싶고, 할 수 있는 일을 하라고 말하고 싶어요. 이쪽으로 와보세요.

쿠르만이 몸을 돌려 침대 옆으로 다가왔다. 나는 그의 손바닥에 로션을 넉넉하게 짰다. 그가 조심스럽게 손바닥을 오므렸다. 나는 카탸의 두 발에서 양말을 벗기고 왼발에 로션을 골고루 펴 발랐 다. 발목, 발등, 복숭아뼈, 발바닥, 발꿈치, 발가락 사이를 부드럽 게 문질렀다. 곧 쿠르만도 나를 따라 카탸의 오른발에 로션을 바 르기 시작했다. 마사지하는 내 손을 유심히 살펴보면서 카탸의 발 을 어루만졌다. 우리는 아무 말 없이 카탸의 발이 조금씩 따뜻해 지는 걸 두 손으로 느꼈다. 한동안 그렇게 계속했다. 나는 쿠르만 의 시간이 이 엄연한 세상과 흘러가는 계절에, 부드러움과 온기에 더 가까워지기를 바랐다.

강한 바람이 부는지 창문이 거세게 덜컹거렸다. 가을이 저물어 가고 있었다. 쿠르만과 카탸와 나는 우리를 기다리고 있는 긴 겨울을 그렇게 마중했다.

* * *

경험, 그건 양성종양 같은 거예요.
오래전 그의 말을 아직 잊지 않고 있다.

수요일 오후, 약국에서 나와 소베츠카야길을 걷고 있을 때였다.
한 여인이 맞은편에서 걸어오고 있었다. 구부정하고 느린 걸음걸
이로 걷던 그는 나를 발견하고는 반가운 기색으로 손짓을 했다.
은빛에 가까운 흐트러진 짧은 머리칼, 늘어진 눈꺼풀과 볼을 보면
서 그가 누구인지, 내가 아는 사람은 맞는지 떠올리려 애썼다. 그
가 바로 앞까지 다가와 내 손을 움켜잡을 때까지도 나는 그가 누
구인지 전혀 알아차리지 못했다.
나지라! 나예요!
방금 잠에서 깨어난 사람처럼 잠기고 쉰 목소리였다.
정말이지, 당신은 변한 게 없군요.
여인은 내 손을 더욱 힘주어 잡았다. 메마르고 차가웠지만 섬세
한 손이었다. 그의 갈색 눈이 나를 가만히 응시했다. 당혹감이 내

얼굴과 몸짓에 은연중 드러나는 것을 그는 꿰뚫어보았다.

　불쌍한 사람.

　여인은 눈꼬리를 내린 표정으로 슬며시 내 팔뚝을 쓸어내렸다. 그 말과 동작은 마치 봉인된 기억을 푸는 암호와도 같았다. 군데군데 검버섯이 핀 칙칙한 얼굴빛과 대조적으로 그는 밝고 싱그럽게 웃어 보였다. 양쪽 눈동자 모두 갈색이었지만 왼쪽 눈은 황금색에 가까운 빛을 띠고 있었다. 나는 떨리는 목소리로 겨우 말을 뱉었다.

　이리나 사포즈니카바.

　이 짝짝이 눈이 언젠가는 도움이 될 줄 알았어요.

　나는 고개를 떨구었다. 그는 소리 내어 웃으면서 괜찮다고, 이십 년은 너무도 긴 세월이 아니냐며 나를 위로했다. 나는 내가 오래전부터 알고 있던 눈동자를 피해 발등으로 시선을 돌렸다. 코끝이 찡해오고 눈이 뻐근해졌다. 몸속의 물이 모조리 목구멍으로 치솟는 것 같았다. 어째서 그를 알아보지 못했는가, 어째서 내가 알던 그는 이토록 쇠약한 모습으로 내 앞에 있는가. 이리나 사포즈니카바, 꼿꼿하고 생기 넘쳤던 중년의 의사는 이제 일흔을 바라보는 나이가 됐다.

이리나와 나는 누가 먼저랄 것 없이 에르킨디크공원으로 향했다. 그의 다리가 불편해 내가 그를 부축했다. 우리는 팔짱을 끼고 말없이 걸었다. 탁, 탁. 그의 지팡이 끝이 인도를 두드릴 때마다 묵은 기억들이 사진처럼 한 장, 한 장 눈앞에 나타났다 사라졌다. 탁, 탁 소리에 맞춰 앞으로 걸어나갈 때마다 그와 내가 세월을 거슬러 그때로 돌아가는 것 같은 기분에 사로잡혔다. 그가 공원을 두리번거렸다. 어떤 감회로 온몸을 떨었다. 우리는 참나무 길 중간에 있는 페인트칠이 벗어진 낡은 벤치에 나란히 앉았다. 나는 손수건으로 그의 이마에 솟은 땀을 닦아주었다.

이상하네요. 모든 게 변한 것 같으면서도 조금도 변하지 않은 것 같기도 하니 말이죠.

많이 변했어요.

가장 많이 변한 건 아마도 나 자신인 것 같군요.

이리나는 지팡이 손잡이에 두 손을 포개어 올리고 숨을 돌렸다.

빅토르는 내 암이 그리움과 슬픔 때문에 악성이 돼버린 게 틀림없다고 하더군요. 당신도 알 거예요. 그 양반은 때때로 그렇게 터무니없는 얘기를 하지요.

선생님은 그런 남자가 남편으로는 지겹지 않다고 하셨고요.

용케 기억하고 있군요. 당신은 예전에도 정말 총명했지요, 나지

라. 닷새 전 이곳에 오면서 당신을 떠올렸는데 이렇게 내 앞에 약속이라도 한 듯 나타나주는군요.

이리나가 웃으며 내 무릎을 토닥였다. 추위를 느끼는지 주름진 목덜미를 쓰다듬었다. 얼굴에 스며들어 있는 짙은 그늘과 몸에서 풍기는 냄새에서 나는 그가 이미 마음의 준비를 마쳤음을 직감했다. 항암제, 방사선 치료, 온갖 화학요법치료, 그런 것들을 가족을 위해 시작했더라도 그는 곧 그것이 자신이 원하는 바가 아님을 가족들에게 설득하고야 말았을 것이다. 주변 그 누구도 그의 고집을 꺾을 수는 없었을 것이다. 오랜 세월을 보냈던 이 도시를 다시 방문하는 일이 그가 몸이 허락하는 동안 하려는 마지막 정리일 것이었다.

선생님을 뵙게 돼서 정말 기뻐요.

그는 참나무를 바라보며 고개를 끄덕이다가 문득 내게로 눈길을 주었다.

정말 그렇다면 좋겠어요, 나지라.

십수 년 전 마취에서 깨어난 나를 내려다보며 내 이름을 여러 번 부르던 그 눈빛으로, 내 눈에 고인 물에서 내가 지나온 과거의 잔물결을 하나씩 어루만지려는 듯한 바로 그 눈빛으로 그는 한동안 조용히 나를 들여다보았다.

휴대폰 벨소리가 울렸다. 그가 겉옷 주머니를 뒤적여 전화를 받았다. 빅토르에게 자신의 위치를 알려주고 전화를 끊었다. 휴대폰을 다시 주머니에 넣는 그의 손이 심하게 떨렸다.

나는 내일 아침 다시 모스크바로 떠나요.

그는 지팡이에 의지해 힘겹게 몸을 일으켰다. 나는 그의 왼쪽 팔뚝을 잡아 걷는 것을 도왔다.

입주 간병인으로 일하고 있다고요? 정말이지 당신다워요.

어쩌다보니 그렇게 됐다고, 그렇게밖에 설명을 못 드리겠어요.

그게 당신이에요, 나지라. 알고 있었는지 모르겠지만 당신은 꽤 뛰어난 간호사였지요. 동정심이 없다고 할까요? 물론 좋은 의미에서요.

이리나는 입을 가리고 마른기침을 했다. 두어 번 침을 삼킨 뒤 다시 입을 열었다.

우리 심신에 닥쳐오는 고통은 대부분 불운이지요. 보살핌을 받고 더 나은 상태가 되어야 함에는 틀림이 없지만, 그렇다고 자기 자신은 물론이고 가족들과 주변 사람들을 함부로 대하고 마냥 응석을 부려도 되는 건 아니지요. 하지만 몸이 감당할 수 없이 아프면 또 그 모든 걸 잊어버려요. 산다는 건 참 곤란한 노릇이지 뭐예요.

이리나는 숨이 차오르는지 걸음을 늦추면서 잠시 말을 끊었다. 그의 어깨가 떨리는 것이 보였다. 공원 끝에 대로가 보이기 시작하자 그는 꼿꼿하게 걸으려고 안간힘을 썼다. 이내 마른 입술에 침을 축였다.

고통은 고통일 뿐이에요. 신화가 아니지요. 고통 앞에서 인간은 작아지고 하찮아지고, 자신의 바닥을 드러내기 일쑤지요. 고통이란 녀석은 사소하게 취급해서도 안 되고 너무 떠받들어서도 안 돼요. 여간 까다로운 녀석이 아니지요. 당시에 나는 나지라 당신이 고통을 대하는 태도랄지, 균형 감각이랄지 그런 걸 애초에 가지고 태어난 사람 같다고 생각했어요. 그때 당신은 아직 서른도 채 되지 않았었으니 말이에요.

이리나 사포즈니카바, 그건 믿기 어려운 말씀이네요.

그가 나지막하게 웃었다. 건널목 앞에서 발걸음을 멈추고 나를 바라보았다. 눈가가 붉고 촉촉했다. 그는 몸에 힘을 주고 버티고 서서 나를 향해 살며시 두 팔을 벌렸다. 나는 줄어든 그의 몸을 껴안았다. 그와 나의 품이 포개어졌다.

우린 여기까진 것 같군요, 나지라. 잘 지내요.

빅토르 박사님이 오실 때까지 함께 있을게요.

아니 그보다, 난 여기 서서 에르킨디크공원을 걸어가는 당신 뒷

모습을 지켜보고 싶군요. 예전처럼 말이에요. 그렇게 해주겠어요?

나는 고개를 끄덕였다. 지팡이를 짚고 위태롭게 서 있는 그를 바라보았다. 입술을 다문 채 희미하게 웃고 있던 그도 나를 향해 고개를 끄덕였다. 나는 뒤를 돌아 공원 산책로를 걷기 시작했다. 평소와 다름없이, 느리지도 빠르지도 않은 걸음으로 참나무 사이를 걸어나갔다. 그가 나에 대해서만큼은 안심하기를 바랐다. 뒤돌아보지 않고 묵묵히 앞을 보며 걸었다. 들고 있던 가방을 더 단단히 쥐고 허리를 꼿꼿하게 폈다. 언제까지가 될지는 알 수 없지만, 앞으로 얼마 동안은 내가 이 도시에서 이렇게 걷고 있으리라는 것을, 살아가리라는 것을 그에게 미리 보여주고 싶었다.

걷고 또 걸었다.

걸으면서 이리나가 나를 발견했던 날을 떠올렸다. 병원 승강기 구석에서 하혈을 하며 정신을 잃고 쓰러졌던 그날, 내 뺨을 때리던 손의 감촉, 가물거리는 의식 속에서 꿈꾸듯 보았던 그의 침착하고 깊은 갈색과 황금빛의 눈동자를 기억했다.

그해 가을, 나는 스물아홉이었고 지금과는 전혀 다른 사람이었다. 그때 나는 아무도 모르게 한 번 죽었던 것인지도 모른다. 이리나는 내가 변한 게 없다고 말했지만, 나는 그때의 내가 전생처럼 느껴지곤 한다.

* * *

얼굴도 이름도 없는 그리움. 그 그리움은 어둑한 내 그림자 속으로 어김없이 고여든다. 내가 환희와 희망의 빛을 머리에 이고 한낮의 순간을 걸어나갈 때 그 그리움은 더욱 짙어지며 내 발밑에 따라붙는다. 내 살아 있음의 유일하고 불온한 증인. 떨칠 수도 도망칠 수도 없는 나의 일부. 끝끝내 손잡을 수 없을 나의 바깥.

라리사, 일레나, 나타샤, 스비틀라나……
전등불이 깜빡이는 승강기 안에서 나는 몇 개의 이름을 떠올리고 있었다. 알약이나 주사기 개수를 셀 때처럼 무심해지려고 노력했다. 통증이 간헐적으로 지속되었다. 아랫배 안쪽에서 무수한 실금이 걷잡을 수 없이 번져갔다. 유리처럼 투명한 것, 작고 연약한 것이 내 안에서 산산이 깨지고 있는 게 분명했다. 호흡이 가빠올수록 나는 또다른 이름들을 떠올렸다. 류드밀라, 안나, 타마라, 마리나, 스비틀라나…… 생각 끝에는 언제나 스비틀라나를 떠올렸다.

허벅지 안쪽이 뜨거워졌다. 뜨거움은 무릎을 타고 발목까지 내려왔다. 돌연 쇠 냄새가 났다. 비 오는 날 아파트 계단 난간을 짚으면 손에 배는 냄새, 석유난로의 녹슨 뚜껑을 열 때 나는 비릿한 냄새와 비슷했다. 스비틀라나, 스비틀라나. 그것은 어쩌면 내 어머니의 이름인지도 모른다고 나는 생각했다. 아니 내가 불리고 싶었던 이름인지도, 내가 아이에게 지어주고 싶은 이름인지도 몰랐다. 스비틀라나, 스비틀라나, 스비틀라나…… 나는 정신을 잃고 승강기 바닥에 쓰러졌다.

귀를 구겨보지도 못했다. 울지도 눈을 떠보지도 못했다. 아이는 얼굴도 이름도 가져보지 못했다. 태어났다면 이제 열여덟 살이 되었을 것이다. 열아홉, 그 황홀경. 그 이전과 이후 모두 아이의 몫이 되지 못했다.

무엇 하나 자기 몫으로 가지지 못했던 생명. 그런 불평등이 어디에서 오는지 나는 알지 못했다. 불평등의 몫은 누구에 의해 주어지는가, 누구에 의해 빼앗기는가, 주인 없는 몫은 어디에 남겨지는가, 어디로 가는가. 냉정함으로 가장했던 한 사람을 향한 내 무용한 증오와 애정이, 아니면 이름도 없이 어머니에게 버림받은 뿌리깊은 내 불행이 그 아이의 몫을 빼앗았는가. 들숨과 날숨 사이로 끈질기게 파고드는 이런 상념으로부터 헤어나는 길을 나는 알지 못했다. 눈물을 고이게 하는 방법도, 흐르게 하는 방법도 알지 못했다. 나는 '못함'의 세계에 갇혀버렸다.

울고 싶으면 울어요.

고집스럽게 입을 다물고 창밖만 바라보고 있던 내게 이리나 사포즈니카바가 말했다. 병원 정원을 둘러싼 키 큰 자작나무 숲이 황금색으로 물들어 있었다. 굵고 하얀 자작나무 줄기. 들짐승의 발톱 자국처럼 군데군데 검게 파인 자작나무 줄기를 내 몸에 남은 상흔처럼 들여다보았다. 바람결에 몸을 맡긴 채 흔들리는 황금빛 잎사귀. 깨질 듯 아슬아슬하게 빛나는 푸른 하늘. 정원을 거닐며 볕을 쬐는 사람들은 회복과 안녕을 향하여 뚜벅뚜벅 앞으로 나아갔다. 세상은 더없이 화사하고 아름다우며 비정했다.

이리나는 연락할 가족이나 친구가 있는지 물었다. 나는 가만히 고개를 저었다.

잠을 좀 자게 해주세요.

우선 뭐라도 좀 먹어야 해요.

그는 차트에 짧게 메모를 하고 조용히 병실을 나갔다.

다음날은 종일 잠 속을 헤맸다. 낮과 밤의 틈에 끼인 사람처럼 죽은듯이 하루를 보냈다. 잠에서 깨어났을 때 가장 먼저 떠오른 생각은 어머니에 대한 것이었다. 한 번도 불러본 적 없는 어머니, 얼굴도 본 적 없는 어머니. 생각조차 하지 않은 지 오래였다. 어머니에 대한 내 그리움은 휘발성이었다. 눈물로도 흐르지 못하고 금세 흩어져버리곤 했다. 그러나 싸늘한 침대에 누워 눈을 뜰 때마다, 병실의 회색 천장을 막막한 심정으로 마주할 때마다 참을 수 없이 어머니를, 그의 이름을 부르고 싶었다. 어머니, 당신은 알았습니까. 나의 일부를 영영 잃는다는 것이 무엇인지. 아니면 그것을 모를 만큼 당신은 어렸습니까. 어떻게 가능했습니까. 잃는 것이 아닌 버리는 것이.

원망은 아니었다. 그토록 뜨거운 감정은 결코 아니었다. 다만 나의 시작, 빈칸으로 남겨져 있던 어머니를 이해하고 싶었다. 채워넣고 싶었다. 어머니의 이름으로부터 나를 다시 쓰고 싶었다. 그렇게라도 하지 않으면, 빈칸과 빈칸 사이에 덩그러니 놓인 단어처럼 나라는 존재의 의미와 맥락을 파악할 수 없을 것 같았다. 어머니의 이름을 스비틀라나라고 하자. 그 이름으로 그를 부르기로 하자. 그를 불러볼 수만 있다면 어떻게든, 지금보다는 나아질 것 같았다.

라라 아주머니에게 연락을 할 수는 없었다. 올가에게도 마찬가지였다. 예고도 없이 그들의 마음을 무너뜨릴 수는 없었다. 두 달 전부터 생리가 멈추었다고, 수시로 졸음이 쏟아지고 뭘 먹어도 비위가 상한다고 말하지 못했다. 두 사람만은 나를 탓하거나 비난하지 않을 거라는 걸 알았지만, 오히려 그래서 말하지 못했다. 차마 말할 수 없었다고 하는 게 정확할지도 모르겠다.

뱃속의 생명은 나의 불가해한 미련이었다. 나는 그 미련이 깨끗이 사라지기를 바라면서도, 한편으로는 그것만이라도 나와 함께 있기를 바랐다. 나는 바라기만 했다. 무엇을 바라는지도 모른 채, 무엇도 선택하지 않은 채 시간을 흘려보냈다. 그렇게 영영 잃어버렸다.

라라 아주머니와 올가의 다정한 눈빛을 마주할 자신이 없었다. 그들의 가없는 애정을 감당할 자신이 없었다. 나는 위로받고 싶지 않았다. 편히 쉬고 싶지 않았다. 내게는 그럴 자격이 없었다. 엄마로서의 슬픔은 내게 가당치도 않았다. 나는 라라 아주머니가 아니었다.

쾌냐는 서른한 살이 되던 해에 죽었다. 사인은 뇌동맥류 파열로 인한 지주막하출혈이었다. 그가 기름때로 얼룩진 정비소 바닥에 쓰러지기 전까지는 아무런 전조도 없었다. 여느 날처럼 출근해 작업복을 걸치고 공구를 정리하고 자동차 보닛을 열어 엔진 소리를 들었다고 했다. 그날 오후까지만 해도 호탕하게 웃음을 터뜨렸던 그의 육체는 병원으로 옮겨져 손쓸 새도 없이 차갑게 굳었다.

유일하게 남은 혈육이었던 아들이 세상을 떠난 후 아주머니는 내가 짐작조차 할 수 없는 깊은 슬픔에 빠졌다. 그저 슬픔이라고 표현해도 되는지 모르겠다. 그것은 슬픔 그 이상의 무엇이었다. 줴냐를 잃은 아주머니는 전과 같지 않았다. 그를 이루는 핵심, 지탱하던 큰 뼈대가 사라진 것 같았다. 그는 자신의 흩어진 잔해를 그러모으며 하루하루를 버텼다. 아주머니가 예전처럼 살기를 원하지 않는 것일지도 모른다고 나는 생각했다. 예전과 같은 삶. 그것이 줴냐의 부재를 부정하는 일이라고 여기는지도 모른다고. 그러나 라라 아주머니의 슬픔에 대해 내가 아는 것은 아무것도 없었다. 앞으로도 그 사실에는 변함이 없겠지만, 그때는 어렴풋하게나마 짐작해볼 수 있을 것 같았다.

나지라. 쉽지 않다는 거 알아요.
이리나는 손댄 흔적이 없는 수프 그릇을 물끄러미 내려다보며 말했다. 나는 그에게 등을 돌린 채 창밖만 내다보았다.

선생님도 경험이 있으세요?

그가 철제 의자를 끌어와 앉는 소리가 들렸다.

경험, 그건 양성종양 같은 거예요.

나는 몸을 돌려 반듯하게 누웠다. 햇빛이 사선을 그으며 병실 벽으로 비쳐들었다. 가느다란 빛은 병실을 둘로 나누었다.

무슨 말인가 하면, 양성종양은 우리가 흔히 말하는 암은 아니에요. 천천히 자라고 특별한 경우가 아니면 다른 장기로 전이되지 않지요. 생명에 위협을 초래하지도 않고요. 딱히 쓸모는 없지만 그렇다고 무시할 수도 없는 몸의 일부죠. 계기가 없다면 그런 게 몸속에 있는 줄도 모르는 경우가 대부분이고요.

그는 낮은 목소리로 빠르게 말을 뱉고는 한동안 입을 다물었다. 간호사 한 사람이 문을 열고 그를 불렀다. 그는 곧 가겠다고 대답하고는 그대로 앉아 있었다.

이 경험이 당신을 죽음으로 끌어들이지는 못할 거라는 얘기예요, 나지라. 앞으로 쓸모가 있지도 않을 거고요. 내 경우엔 그랬어요. 지금 당신을 제대로 위로하지도 못하는 걸 보면 알 만하지 않아요?

나는 말없이 눈을 감았다. 그가 수프 그릇 옆에 놓여 있던 숟가락을 내 오른손에 쥐여주었다. 차갑고 매끈한 감촉에 소름이 돋았다. 눈을 뜨자 병실 문이 조용히 닫히고 있었다. 닫힌 문 위로 한 사람의 뒷모습이 끈질긴 잔상처럼 떠올랐다.

조용히 닫히는 문. 그것은 늘 내게 체념을 가르쳐주었다. 여기까지라고, 더는 할 수 있는 게 없다고, 나아가려는 내 마음 앞을 막아섰다.

지난 초여름 새벽에도 나는 침대에 누운 채로 아파트 현관문이 조용히 닫히는 모습을 바라보고 있었다. 모든 게 끝장나버렸다는 느낌은 아니었다. 그보다는 한 사람 곁을 맴돌았던 칠 년의 시간이 완전히 소멸하는 느낌이었다. 마지막이라는 실감조차 들지 않았다.

한동안 모로 누워 닫힌 현관문을 보다가 몸을 일으켰다. 옆에 놓인 베개에 그가 머리를 받쳤던 자국이 그대로 눌려 있었다. 침대에서 나와 옷을 걸쳤다. 집에 남아 있는 그의 흔적들을 하나씩 치우기 시작했다. 그가 쓴 찻잔과 술잔, 재떨이에 수북한 담배꽁초를 정리했다. 펼쳐놓은 신문, 젖은 수건과 새것이나 다름없는 칫솔, 그를 위해 남겨두었던 술, 면도칼, 양말 같은 잡다한 것들을 죄다 버렸다. 그가 보내온 편지들과 내게로 올 때마다 몇 권씩 가져다놓았던 책들도 책장에서 꺼내 버렸다. 더 버릴 것이 없는지 살피며 집안을 서성였다. 이 집에서 그를 추억할 것이라곤 하나도 남아 있지 않도록 붙박이장과 서랍까지 샅샅이 헤집었다. 옷장 안쪽에 붙어 있는 작은 거울에 내 얼굴이 비쳐 보였다. 곤란한 얼굴, 치울 수도 내다버릴 수도 없는 살아 숨쉬는 추억. 돌이킬 수 없는 칠 년을 겪어버린 나. 두 손으로 얼굴을 감쌌다. 그제야 뒤늦게 울음이 터졌다.

은빛 숟가락을 들어 우묵한 바닥을 들여다보았다. 거꾸로 뒤집힌 내 얼굴이 거기에 있었다. 숟가락은 오랫동안 사용했는지 자루가 휘어지고 표면에 흠이 잔뜩 나 있었다. 숟가락을 뒤집어 볼록한 면을 보았다. 왜곡된 얼굴의 내가 거기에 있었다. 숟가락을 올렸다 내리면 표면에 비친 내 모습도 부풀었다 오그라들며 제각각으로 일그러졌다. 무언가를 담는다는 건, 수용한다는 건 자기 자신을 뒤집는 일일까. 가을 한낮의 따사로운 빛이 숟가락에 반사되었다. 눈이 부셨다. 목구멍이, 눈시울이 뜨거워졌다.

문득 배가 고파졌다.

* * *

　화요일 저녁, 타냐가 출근 시간보다 한 시간 일찍 도착했다. 그가 가져온 샤실리크*로 간단하게 저녁을 때우기로 했다. 내가 웬 샤실리크냐고 물었는데도 타냐는 이렇다 할 대답은 하지 않고 우물쭈물 얼버무리고는 좋은 고기래요, 라고만 답했다.

　타냐는 시장에서 사온 갓 구운 레표시카**도 함께 식탁에 올려놓았다. 샤실리크는 오후에 구운 것이라 식기는 했지만 육질이 연하고 양고기 잡내도 거의 나지 않았다. 샤실리크를 팬에 한번 더 구워 볶은 양파를 곁들여 먹기로 했다. 혹시 몰라, 쿠르만의 몫을 따로 남겨두었다. 타냐는 식탁 앞에 앉아 레표시카 귀퉁이를 조금씩 뜯어먹으며 창밖을 내다보거나 양파 껍질을 벗기고 채를 써는 나를 말없이 지켜보았다.

　타냐는 말수가 적고 걸음걸이와 행동이 항상 느긋하다. 그가 나이든 집고양이처럼 집안을 서성이며 일하는 모습을 보고 있자면

---

　* 양고기를 네모 모양으로 두툼하게 썰어 꼬챙이에 꿰어서 먹는 러시아 요리.
　** 중앙아시아에서 주식으로 먹는 둥글납작한 빵. 얇은 반죽을 뜨거운 화덕 안쪽에 붙여 굽는다.

마음이 놓이곤 한다. 먀우아용, 서두를 게 뭐 있나요. 먀우, 가끔 창
밖을 좀 봐요. 그의 움직임이 그렇게 말하는 것만 같다. 타냐가 식
탁에 떨어진 빵 부스러기를 손바닥으로 쓸어 한쪽에 모아놓았다.
늘 무언가에 골몰하고 있는 듯한 그의 표정은 수줍음 많은 아이
같은 구석이 있다. 어린 시절 반에 한 명쯤 있었을 법한 키가 크고
과묵한 학생, 맨 뒷줄에 앉아 남몰래 뭔가를 공책에 끼적이거나
또래들이 보지 않는 책을 옆구리에 끼고 다니는 애어른 같은 느낌
이 타냐에게 있다.

나는 양파를 썰다 말고 눈이 매워 조리대에서 몇 발짝 물러나
서 있었다. 잠시 매운 눈가를 진정시키고 있을 때 전화벨이 울
렸다.

타냐가 거실로 향했다. 전화를 받은 그는 서두르는 기색 없이
슬리퍼를 끌며 카탸의 방에 들렀다가 다시 부엌으로 왔다.

쿠르만이에요.

타냐가 식탁 앞에 앉으며 말했다. 나는 심상하게 고개를 끄덕였
다. 양파의 매운 기운이 좀처럼 가시질 않았다. 팬에 버터를 두 숟
가락 떠 넣고 채 썬 양파를 볶기 시작했다. 양파가 황갈색으로 변
하면서 나긋나긋해졌다.

정말 대단한 사람이에요.

타냐가 혼잣말처럼 중얼거렸다. 나는 접시에 볶은 양파를 깔고 샤실리크를 올렸다. 레몬을 반으로 잘라 즙을 짜 뿌리고 우크로프희향풀 잎을 뜯어 그 위에 흩뿌렸다. 어제 끓인 토마토수프를 데우고 차를 우렸다.

쿠르만은 그렇게 생각하지 않을 거예요.

나는 타냐의 맞은편 자리에 앉았다. 타냐가 선선히 고개를 끄덕였다. 레표시카 귀퉁이를 뜯어서 내게 건넸다. 나는 차를 타냐의 잔에 따르고 그의 취향대로 각설탕 두 개를 넣었다. 토마토수프에 레표시카를 적셔 한입 베어 물었다. 샤실리크 맛은 좋았지만 어쩐지 손이 가지 않았다. 이 집에서 살게 된 뒤로 고기를 먹는 일이 점점 줄어들었다. 특별한 이유가 있는 것은 아니었다. 언제부터인가 자연스럽게 그렇게 되었다. 나는 샤실리크 접시를 타냐 앞으로 밀어주었다. 양파의 매운 기운이 아직도 두 눈을 괴롭혔다. 눈을 껌뻑거리는 나를 보고 타냐가 슬며시 미소 지었다.

쿠르만은 오늘 밤늦게야 들어올 것이다. 카탸의 방 쪽으로 귀를 기울였다. 조용했다. 통화가 끝난 모양이었다.

쿠르만은 학교로 출근하면 집에 돌아오기 전까지 두세 번은 집으로 전화를 걸었다. 찾는 책이 서재에 있는지 살펴봐달라거나 귀가가 늦어진다는 용건이 가끔 있긴 했지만 대부분은 카탸와 통화를 하기 위해서였다.

카탸 좀 바꿔주겠어요?

수화기 너머에서 쿠르만이 그렇게 말하면 나는 무선전화기를 들고 카탸 방으로 간다. 카탸의 어깨를 살짝 짚으며 쿠르만이라고 일러준 뒤 카탸 귓가에 무선전화기를 내려놓고 스피커폰 버튼을 누른다.

그럼 얘기 나눠요.

내가 방을 나서면 쿠르만은 카탸에게 이야기하기 시작한다. 출근길은 어땠는지, 오늘 날씨는 어떤지, 점심으로 뭘 먹었는지를 알리는 전화는 아무리 일과가 바쁘더라도 거른 적이 없었다. 대부분은 이런 짧은 통화지만 때로는 쓰고 있는 논문이나 카탸가 흥미로워할 만한 기사, 소설의 한 대목을 읽기도 한다. 사고 이전에 그들이 살았던 삶과 다르지 않은 모습으로 그는 카탸에게 수시로 전화를 걸어 속삭인다.

굵고 나지막한 쿠르만의 목소리. 낭독할 때면 글 속으로 빠져들 듯 빨라지곤 하는 그의 말씨. 카탸는 침대에 몸을 누인 채 스피커에서 새어나오는 그의 목소리를 듣는다. 카탸의 표정에서는 어떠한 변화도 찾아볼 수 없다. 다만 전화가 끊어지고 뚜, 뚜, 뚜 짧은 신호음이 울리면 그는 천천히 눈을 감았다가 뜬다. 그 동작만으로도 나는 카탸의 생각과 감정을 보고 듣는다. 스스로 만질 수 없고 발설할 수도 없는 애정. 육체에서 벗어나버린 애정, 그러나 그것은 이탈이 아니다. 중력의 포위망에서 벗어난 애정은 카탸의 곁을 끊임없이 맴돌고, 에워싸고, 끝내는 카탸 자신이 된다. 카탸의 몸, 카탸의 방, 그 부동의 세계가 곧 카탸의 묵묵한 애정이다.

타냐가 꼼꼼한 손길로 식탁에 떨어진 빵 부스러기를 빈 접시로 쓸어 담고는 설거지까지 굳이 자신이 하겠다며 소매를 걷어올렸다. 나는 카탸의 방으로 가 그가 좋아하는 텔레비전 다큐멘터리 채널을 켰다. 카탸를 일으켜 베개로 등을 받쳤다. 촉촉하게 젖은 그의 눈가와 뺨을 거즈 수건으로 닦았다. 기저귀는 아직 보송보송했다. 텔레비전에서는 심해에 사는 생물에 관한 자연 다큐멘터리가 방영되고 있었다. 나는 연분홍색 매니큐어를 들어 카탸에게 보여주었다.

오늘은 이 색 어때요?

카탸가 눈을 두 번 깜빡였다.

그럼, 이건요?

카탸가 눈을 한 번 깜빡였다. 나는 카탸의 손톱에 옅은 와인색 매니큐어를 바르며 초롱아귀에 대한 설명을 들었다. 초롱아귀는 수심 팔백여 미터 이내의 심해에서 서식합니다. 암컷의 촉수 끝에는 빛을 내 먹이를 유인하는 발광 돌기가 있습니다. 이들은 먹이가 극도로 부족한 곳에 살기 때문에 에너지 소모를 막기 위해 거의 움직이지 않고 생활합니다. 나는 카탸의 손톱 끝에 조심스럽게 입바람을 불며 텔레비전을 올려다봤다. 화면을 가득 채운 초롱아귀의 커다란 입속에 날카로운 이빨과 짙은 암흑이 있었다.

나는 조금 전 타냐의 말을 떠올렸다.

대답을 들을 수 없는 상대에게 매일같이 말을 건네는 건, 결코 쉬운 일이 아닐 거예요.

레표시카 조각으로 수프 그릇 바닥을 문지르며 타냐가 말했다. 그릇이 반질반질해지도록 닦은 다음 수프에 젖은 레표시카를 입에 넣고 오랫동안 오물거렸다. 딱히 내 대답을 기다리는 눈치는 아니었다. 그는 통통하고 불긋불긋한 두 손으로 찻잔을 감싸쥐었다.

나는 그러나 들을 수 없는 것은 카탸의 목소리지 대답은 아니라고 생각한다. 동원할 수 있는 힘이란 힘은 모조리 끌어다 전하고 있는 그의 대답을 우리가 들을 수 없을 뿐이라고, 카탸는 언제나

온몸으로 대답하고 있다고 나는 믿었다. 카탸의 곁에 머무는 우리는 비밀처럼 숨겨진 그의 대답을 들으려 쉼없이 주의를 기울여야만 한다. 상상해야만 한다.

대답을 상상할 수는 있지만 목소리를 상상할 수는 없다. 나로서도 한 번도 들어본 적 없는 카탸의 목소리를 상상할 수는 없다. 사진 속에서 잇몸을 드러내며 웃고 있는 카탸의 입을 아무리 들여다보아도, 카메라 셔터를 누르던 순간 배음처럼 깔렸을 그의 웃음소리는 짐작할 수 없다. 사진 속에 납작하게 눌어붙은 카탸의 저 웃음소리를, 그의 웃음과 울음, 비명과 속삭임을 쿠르만은 기억하고 있을까. 천 일이 넘도록 듣지 못한 아내의 목소리를 이제는 기억하는 것이 아니라 짐작하게 되었을까.

* * *

평소와 다름없이 열한시가 조금 넘어 잠자리에 들었다. 두 시간쯤 잤을까. 소란스러운 소리에 잠에서 깼다. 우당탕. 현관에서 무언가가 쏟아졌는지 아니면 누군가가 넘어졌는지 마룻바닥이 쿵쿵 울렸다. 좀 잠잠해지나 싶었는데 곧 나무 문짝이 탁탁 맞부딪히는 소리가 연이어 났다. 나는 일어나 스웨터를 걸쳤다.

괜찮으니까 들어가요, 타냐. 내가 찾을게요.

쿠르만이 부엌 찬장을 차례대로 열었다 닫으며 큰 소리로 말했다. 혀가 꼬부라져 있었다. 그는 개수대 위 찬장을 호기롭게 열어 젖힌 뒤 안은 제대로 살펴보지도 않고 손에서 힘을 뺐다. 탁, 탁. 찬장 문짝이 닫히며 둔탁한 소음을 냈다. 그는 다른 칸을 열고 또 다른 칸을 열었다. 개수대 아래와 그릇장도 열어젖혔다. 무언가를 찾으면서도 그것이 끝내 나타나지 않기를 바라는 사람처럼, 건성으로, 그러면서도 끈질기게 그 동작을 반복했다. 타냐는 질린 기색을 감추지 못하고 멀뚱히 서 있었다. 찬장 문짝이 탁 소리를 내며 맞부딪힐 때마다 오이, 오이!*를 내뱉으며 어깨를 움츠렸다. 쿠르만은 힘에 부치는지 조리대를 붙잡고 위태롭게 서서 숨을 몰아쉬었다. 그의 머리가 자꾸 앞으로 꺾였다. 바닥에는 서류 가방과 웃옷이 아무렇게나 나뒹굴고 있었다. 나는 타냐의 어깨를 짚으며 속삭였다.

나한테 맡겨요.

타냐의 긴장한 등을 몇 번 쓸어주고 카탸가 깨지 않았는지 살펴

---

* 러시아어에서 다양한 의미로 쓰는 감탄사.

봐달라고 부탁했다. 이런 광경을 마주하면 타냐는 떠난 남편을 떠올릴 게 틀림없었다. 죄책감을 뿌리치는 방법으로 술독에 빠져 자신을 숨기려 했던 가련한 사람, 바딤을. 타냐는 쭈뼛거리며 카탸 방으로 갔다.

쿠르만은 여전히 조리대에 손을 짚은 채 거친 숨을 내뱉고 있었다. 그 모습이 마치 수면으로 올라와 참았던 숨을 한꺼번에 내뱉는 한 마리 어린 범고래 같았다. 그래, 오래도 참았지, 나는 생각했다. 끊임없이 술렁이는 시간의 표면 밑에서 그는 묵묵하고 성실하게 일상을 꾸려나갔다. 아무 일도 없는 것처럼, 혹은 아무 일도 아닌 것처럼 출근해 학생들을 가르쳤고 수학 공식 속에 자신을 기꺼이 몇백 번이고 파묻었다. 그러다 느닷없이 더는 견딜 수 없는 날이 오는 것이다. 시간의 표면을 뚫고 튀어오르고 싶을 때가, 참았던 숨을 뱉어야 할 때가 오고야 마는 것이다.

카탸가 깨겠어요!

나는 바닥에 널브러진 가방과 웃옷을 주워올리며 짐짓 퉁명스럽게 쏘아붙였다.

미안해요, 나지라. 미안해요.

쿠르만에게 다가서자 독한 술 냄새가 진하게 풍겼다. 이기지도 못하는 술을 그는 또 마셔버렸다. 저렇게 취해서도 택시를 타라는 권유는 뿌리치고 기어코 캄캄한 밤거리를 터벅터벅 걸어왔겠지. 비틀거리며 길모퉁이를 돌았겠지. 취기에 젖은 몸을 비틀면서 돌이킬 수 없는 일들을 곱씹었겠지. 그의 오른쪽 이마에 붉게 솟은 혹이 보였다. 그만 들어가서 자는 게 좋겠다고 달래려다 찬장을 열어보았다. 찬장에 남아 있는 술은 요리용 와인과 독한 럼뿐이었다. 나는 부엌 베란다 옆 창고에서 지난해 올가가 담가준 살구주를 찾아 꺼내왔다.

나지라, 나는요. 유산은, 바란 적도 없었다고요.

쿠르만이 의자에 털썩 주저앉았다. 안경을 식탁에 내던지듯 벗어놓았다. 나는 병마개가 열리지 않아 끙끙대다가 뚜껑 옆면을 칼등으로 여러 번 두드려 열었다.

자연대학 축소가 확정된 거예요?

유리잔에 살구주를 붓고 얼음을 띄웠다.

그건 기정사실이 된 지 오래예요. 한참 됐어요. 세상이 자꾸 변해요, 나지라.

쿠르만에게 살구주를 내밀었다. 그는 순순히 잔을 받아들었다. 잔을 들어올릴 힘조차 없는지 허벅지 위에 잔을 받치고는 허리를 깊게 수그렸다.

너무 더러워요. 왜 난 그런 술수를 배우지 못한 걸까요?

나는 그의 맞은편에 앉아서 말없이 살구주를 한 모금 넘겼다. 금세 가슴 안쪽이 뜨겁게 풀어졌다. 오랜만에 맡는 술 향기였다. 쿠르만은 외려 취기가 가시는지 잔을 식탁에 올려놓고는 눈을 껌뻑거리며 정면을 응시했다.

한 사람이 살면서 가족 셋을 교통사고로 잃을 확률은 크지 않아요. 정말이지 작은 확률이죠. 하지만 정작 그 확률은 내 인생에 대해 아무것도 말해주지 않아요. 그저 확률일 뿐이에요. 순수한 숫자, 수치에 불과해요.

쿠르만, 셋이라고 말해서는 안 돼요.

술에 반쯤 잠긴 얼음이 유리잔 속에서 달그락 소리를 내며 녹아 사라지고 있는 자기 존재를 우리에게 일깨웠다.

당신이 옳아요. 아직 셋은 아니죠.

그렇게 말하고 그가 두 손으로 얼굴을 가렸다. 깊은 한숨을 내쉬며 마른세수를 했다.

쿠르만은 자신이 몸담고 있는 자연대학의 축소와 공대의 증축, 신설될 학과, 정부와 총장의 유착 관계, 학과장의 정치 행보, 정부가 정계 인사들을 부추겨 기부금 명목으로 모은 자금 등에 관해 두서없이 늘어놓았다. 취기가 가신 자리에 울분이 들어차서 그의 몸이 떨리고 있었다.

사람들이 나한테 '그 많은 유산' 운운할 때마다 정말이지 소름이 끼쳐요. 그래도 당신에게는 '그 많은 유산'이 있지 않소, '그 많은 유산'을 어떻게 관리하시오? 아, 당신이 수학자이니 걱정할 것 없겠군요, 하는 께름칙한 위로들. 이 시대는 언제부터 이렇게 뻔뻔해진 걸까요.

자기들 일이 아니니까요. 자기 일이 아니면 사람은 뻔뻔하게 구는 걸 주저하지 않아요. 쿠르만, 잘 알잖아요. 당신도 예외가 될 수 없어요.

다, 죄다 가지라고 해요!

그는 돌연 입을 다물고 아래턱에 힘을 주었다. 차마 뱉을 수 없는 말들이 꽉 다문 입에 차오르는 듯했다.

단 하루만이라도 부모님을 만날 수 있다면, 카탸와 얘기를 나눌수만 있다면 난 그렇게 할 거예요. 사람들 말은 마치 그 많은 유산을 얻을 수 있다면 가족을 포기할 수도 있다는 말과 다를 게 없어요. 하지만 사람들은 그렇게 하지 않겠죠. 사랑하는 이들을 두고 그런 미친 짓을 하진 않아요.

쿠르만은 단숨에 살구주를 털어넣었다. 얼음만 남은 빈 잔을 식탁에 올려놓고 숨을 길게 내쉬었다. 붉게 달아오른 얼굴을 두 손으로 감쌌다. 혹이 그의 이마에 푸르스름하게 자리잡아가고 있었다. 아침에 술이 깨면 상처가 욱신거릴 테지. 술은 삶의 고통을 잠시 멎게 해준다. 그러나 그 마취의 유혹은 때때로 자신도 모르게 삶 자체를 마비시켜버리고 싶은 충동으로 치닫는다. 나는 얼음찜질용 주머니를 찾아보았다. 어딘가에 있을 텐데 도통 보이질 않았다. 서랍을 뒤지다가 그만두고 냉동실에서 얼음 대여섯 개를 꺼내 삶아놓은 행주로 감쌌다. 행주의 모서리를 모아 묶었다. 의자를 옮겨 쿠르만 옆에 앉았다. 그의 이마에 임시방편으로 만든 얼음주머니를 올렸다.

어디서 이런 거예요?

미안해요.

쿠르만의 목소리가 한결 가라앉아 있었다. 이제 다시 시간의 표면 밑으로 들어갈 때인가. 나는 얼음주머니를 쿠르만의 이마에 갖다대었다가 떼었다가 하면서 그의 숨소리가 잠잠해지는 것을 들었다. 그는 얼음주머니를 받아들지 않고 내가 하는 대로 내버려두었다. 온순한 어린 범고래처럼 등을 둥글게 구부린 채로 눈을 감았다.

식탁 위 유리잔에서 또다시 달그락 소리가 났다. 시간의 기척이었다. 잔 밑에 물이 흥건하게 고여 있었다. 투명하고 고요했다.

2장

피로시키*와 차로 단출하게 늦은 저녁을 먹고 있을 때 전화벨이
울렸다.

나지라, 내일 우리집에서 저녁 먹자. 뭐 먹고 싶은 거 있어?

글쎄, 딱히. 근데 무슨 날이야?

나지라.

올가는 꾸짖듯이 내 이름을 힘주어 부르고는 한숨을 쉬었다. 틀
어놓았던 텔레비전을 껐는지 수화기 너머가 잠잠해졌다.

모르는 척하는 거야, 정말 모르는 거야?

_____

* 과일잼, 크림치즈 또는 으깬 감자, 볶은 야채 및 고기를 소로 넣은 작은 파이.

올가가 짐짓 목소리를 높이며 물었다. 내일이 무슨 날이더라, 나는 조금 주눅이 들었다. 올가. 요즘 나에게 시간은 고인 물 같아. 어제와 오늘, 내일의 경계가 한데 뒤섞여 고약한 냄새를 풍겨. 난 바닥을 알 수 없는 고인 물 속으로 서서히 가라앉고만 있어. 올가에게 그렇게 말할 수는 없었다. 그저 멋쩍게 웃었다.

내가 그랬지? 넌 자신을 너무 돌보지 않는다고 말이야. 좀더 너 자신한테 잘 대해줄 수는 없어?

무슨 대답을 해야 할지 몰라 잠자코 올가의 말을 듣고만 있었다. 올가는 더는 안 되겠다는 투로 말했다.

어쨌든 난 이미 체리를 잔뜩 올려서 케이크를 만들어놨으니까 네가 와서 꼭 먹어야 해. 듣고 있는 거지?

응, 올가. 완전히 잊고 있었어.

그럼 내일 일곱시까지 와.

올가는 금세 화가 풀린 아이처럼 쾌활하게 말하고는 내 대답을 기다리지도 않고 전화를 끊었다. 아마도 가스레인지에서 뭔가가 끓고 있거나 세탁기에서 빨래가 다 되었다는 신호음이 울렸을 테지. 아니면 나스탸가 언제나처럼 저녁때가 지난 뒤에야 들어왔는지도 모르지. 그 아이는 11학년 때부터 몸이 야위기 시작하더니 스물여섯인 지금은 걸어다니는 겨울나무처럼 되어버렸지. 나는 전화기를 든 채로 그런 생각을 하다가 괜스레 전화기를 물끄러미 바라본 뒤 제자리에 내려놓았다.

전화기 옆 메모지에 '내일 저녁 7시, 올가 집'이라고 썼다. 어디에 붙여두는 게 가장 눈에 잘 띨지 생각했다. 냉장고가 좋겠지. 매일 아침 일어나자마자 물을 꺼내 마시니까. 나는 부엌으로 가 메모지를 냉동실 문에 자석으로 고정했다. 거기에는 이미 메모 한장이 붙어 있었다. '라라 아주머니께 안부 전화'. 멍하니 메모지를 들여다봤다. 내가 쓴 글씨가 분명했지만 대체 언제 쓴 것인지 알 수가 없었다. 라라 아주머니께 마지막으로 안부 전화를 한 게 언제였는지 기억나지 않았다. 들고 있던 연필로 방금 붙인 메모지에 오늘 날짜를 써넣었다. 내일 올가 집에 문제없이 갈 수 있을지 걱정이 되었다.

아줌마, 축하드려요. 그럼 이제 몇 살인 거예요?

나스탸가 무표정한 얼굴로 나를 바라봤다. 그는 포크로 체리케이크를 잘라 한입 먹더니 곧바로 포크를 내려놓았다.

나스탸, 그런 건 물어보는 게 아니야. 그리고 그 말버릇은 대체 또 뭐야? 난 네가 문학을 전공해서 대학원까지 갔다는 걸 믿을 수가 없다, 정말.

나스탸는 어깨를 으쓱하고는 휴대폰을 들여다봤다.

요즘 일은 어떠세요?

나야 뭐 늘 비슷하지.

나스탸가 메시지를 보내는지 짧은 조작음이 연이어 빠르게 울렸다. 올가가 차를 내와 나스탸 옆자리에 앉았다.

제발 그 소리 좀 끌 순 없어? 벌써 다 먹은 거야?

배불러. 근데 엄마는 정확히 몇 살이지?

확실한 건 내가 널 열아홉에 낳진 않았다는 거지.

그건 엄마 눈가에 주름만 봐도 알 수 있는 거잖아.

나스탸는 자리에서 일어나 의자 등받이에 걸어두었던 가방을 어깨에 걸쳤다.

얘 말하는 거 좀 봐? 내가 무슨 주름이 있다고.

올가는 차가 우러나길 기다리며 손끝으로 양 눈꼬리를 어루만졌다. 나스탸는 올가에게 싱긋 웃어 보이고는 가방에서 비닐봉투에 싸인 꾸러미를 꺼내 내게 내밀었다.

선물이에요, 아줌마. 생각해보니까 화장품이나 살 걸 그랬나봐요. 뭐 어쨌든.

나는 꾸러미를 받아들었다.

고마워. 근데 네 엄마 질투를 감당할 수 있을지 모르겠어.

나는 일어나 나스탸를 살며시 껴안았다. 마르고 가냘픈 몸이 가슴에 닿았다. 내가 걱정스러운 눈길로 바라보자 그가 속삭였다.

전 몸이 가벼운 게 좋아요. 그게 생각하는 데 도움이 돼요.

나스탸는 벌써 포장을 뜯어 선물을 살펴보고 있는 올가를 힐끔 쳐다보고는 자기 방으로 들어갔다. 올가는 선물을 식탁에 내려놓고 내 찻잔에 차를 따랐다. 찻주전자에 뜨거운 물을 채워넣었다. 케이크를 한 조각 잘라 내 앞으로 내밀었다. 자기 찻잔에는 각설탕을 넣고 말없이 오랫동안 휘저었다. 농담을 하며 떠들던 좀전과 달리 가라앉아 보였다.

정말 이제 다 키웠네.

그렇지?

올가가 가만히 찻잔 속을 들여다봤다. 나는 처음 나스탸를 만났던 날을 떠올렸다. 나스탸가 두 살이 된 무렵이었다. 겨울이었고 눈보라가 옅게 흩날리는 오후였다. 두 볼이 붉게 언 나스탸는 코를 훌쩍이면서 올가의 품에 안겨 있었다. 나지라 아줌마야, 하고 올가가 나스탸의 손을 끌어와 내 얼굴을 만지게 해주었을 때의 그 촉촉하고 조그마했던 차가움, 눈동자를 굴리며 처음 만나는 존재를 호기심으로 살피던 유리구슬 같던 눈, 작은 얼굴에 환하게 떠오르던 미소가 여전히 생생했다. 아직 기억 속에 선명하게 남아 있는 순간도 많구나 싶어 마음이 놓였다. 나는 말이 없어진 올가를 건너다봤다. 그는 고개를 숙이고 차를 천천히 홀짝이면서 홀로 무언가를 골똘히 들여다보고 있었다. 나스탸가 내게 준 선물이었다.

책이야?

내가 물었다.

응. 책이네.

소설?

아니.

난 아직 보면 안 되는 거야? 질투는 역시 무섭네.

내 말에 올가가 희미하게 웃으며 고개를 들고는 책 위에 오른손을 포개었다. 기도나 맹세를 할 때처럼 사뭇 긴장한 몸짓이었다.

나지라, 가끔 생각해?

응?

그 사람.

나를 바라보는 올가의 눈동자가 미세하게 흔들렸다. 올가의 뒷말을 듣지 않아도 그 사람이 누구인지 나는 곧바로 알아차렸다. 그 사람은 그 사람이니까. 올가와 나는 늘 그 사람을 그 사람이라고 불렀으니까. 우리에게는, 나에게는 이름이 지워진 지 오래인 사람. 그럼에도 그 사람이라고 말하면 떠올릴 수밖에 없는 단 한 명.

그 사람이야.

올가가 책을 내 쪽으로 슬며시 밀었다. 나는 책을 집어 표지를 보았다. 제목 아래 그 사람의 이름이 금박으로 새겨져 있었다. 누렇게 빛나는 오돌토돌한 그의 이름을 손끝으로 만졌다.

그러네. 그 사람이네.

* * *

그 사람.

그 사람, 하고 불러보고는 말을 잃는다. 어떤 말을 할 수 있을까. 그와 관련된 모든 말을 나는 이미 오래전에 다 써버렸다. '그 사람'이라는 단어 속에 그와의 기억을 모조리 욱여넣고 깊이 묻어 버렸다.

그럼에도, 어떤 과거는 나를 초월한다. 삽시간에 눈앞으로 닥쳐 온다.

칠 년의 만남. 그중 일 년은 그가 모스크바로 이주한 후 내게는 폐허와 같았던 침묵의 시간. 그리고 줴냐가 세상을 떠난 뒤 돌연 시작된 편지가 일 년 가까이 이어졌다. 1993년 초여름, 그 사람을 마지막으로 만났다.

십팔 년 전의 일이다.

그 사람을 처음 만났을 때 나는 스물둘이었다. 올가의 사촌 이고르가 마련한 모임에서였다. 여러 분야의 예술인들이 참석한다는 이고르의 얘기에 올가가 내 손을 잡아끌었다.

구경이나 가보자. 재밌잖아. 응?

내키지 않아 하는 내게 올가가 진지하게 말했다.

견학이라고 생각해. 누가 알아? 몇 년 후엔 네가 이런 모임에 초대될지?

나는 강하게 고개를 저었다. 올가는 시콜라*에 다닐 때부터 언젠가는 내가 대단한 작가가 될 거라고 말하곤 했다. 그럴 때마다 나는 내심 부끄러웠다.

그럴 일은 절대 없어, 올가.

또 모르지.

---

* 우리나라의 초중고교 학제에 해당하는 학교.

그 사람은, 내 맞은편에 앉아 있었다. 말수가 적은 편이었고 누구의 얘기든 고개를 비스듬히 기울이고 옅은 미소를 띠며 들어주었다. 그의 얼굴에는 천진함과 우수가 알맞게 깃들어 있었다. 이고르는 그가 19세기 러시아문학을 전공했으며 두 편의 장편영화를 만든 적이 있다고 소개해주었다.

분위기가 무르익자 술에 취한 이들이 하나둘 노래를 하거나 시를 낭송하기 시작했다. 사람들이 그에게 시 낭송을 청했다. 그는 못 이기는 척 자리에서 일어나 자신이 쓴 시를 낭송했다. 운율을 실은 낮고 단단한 목소리. 술자리의 소란스러움이 잦아드는 듯했다. 낭송하는 그 모습을 올려다보고 있을 때 그의 코에서 붉은 피가 쏟아져내렸다. 말 그대로 쏟아져내렸다. 옆 사람이 급히 냅킨을 건네자 그는 코를 틀어막고 화장실로 향했다. 아주 익숙한 일인 것처럼, 서두르는 기색 하나 없이.

붉은 피. 그것이 그 사람의 첫인상이었다. 그와 만나는 동안에도 나는 자주 생각했다. 내게 새겨진 첫 기억이 붉은 피였다는 것에 대해. 마치 그것이 그 사람과의 관계에 대한 어떤 상징이라도 되는 것처럼. 왜 붉은 피여야만 했을까. 왜 그가 그것으로 내게 왔을까 하고. 어떤 상징, 아니 무엇으로든 그가 내게 큰 의미가 되길 바랐던 것인지도 모른다.

　숨을 내뱉듯, 하루에도 수없이 그 사람의 이름을 부르던 때가
있었다. 주로 속으로 불렀고, 혼자 있을 때는 소리 내어 작게 말해
보았다. 입술을 모으고 혀를 굴려 그의 이름을 발음할 때마다 그
는 내 곁에서 점점 팽창했다. 그가 팽창하면 할수록 그의 심연 가
장 밑바닥에 박힌 '그'라는 존재의 핵심은 내게서 멀어졌다. 그가
멀어지는 것을 느낄 때마다 내가 알지 못하는 새로운 비밀들이 걷
잡을 수 없이 늘어나 그를 에워싸는 것만 같았다. 아니, 에워싼다
고 굳게 믿었다.

　말하자면 그 시절은 일종의 질식이었다. 그의 곁에서 나는 늘
허덕였다. 숨이 가빴다. 그라는 과호흡. 내가 그를 부르면 부를수
록 그는 나로부터 빠져나갔고 그런 상태는 나 자신을 위협했다.
당시에는 알지 못했다. 내가 허덕이고 있다는 것을, 그런 질식과
도 같은 상태를 열정이라 바꿔 부를 수도 있다는 것을.

　이것이 전부다.

　그 시절의 일들에 대해 뭘 더 말할 수 있을까. 이제는 추상적인
문장으로 표현할 수밖에 없다. 그렇게밖에 어쩔 도리가 없다. 구
체성은 오래전 갈기갈기 찢어졌다. 가루가 되어 흩날렸다. 어설픈

꿈으로도 재현되지 않는다. 불타버린 폐허, 재로 남은 시간. 도무지 이렇다 할 선명한 것이라고는 없다. 잿빛 반죽으로 질척거리다 완전히 굳어버렸다. 정체불명의 흉물스러운 콘크리트 덩어리다.

이런 감각마저도 아련하다. 내 감각이 맞기는 한 걸까. 지금, 식탁 앞에 공책을 펼치고 앉아 단어를 고르며 글을 쓰고 있으면서도 이 글이 오히려 단어의 의미를 글자 모양으로 검게 지우고 있다는 확신이 든다. 나는 돌이킬 수 없게 되어가고 있는 걸까.

나스탸에게서 받은 책을 가방에서 꺼냈다.

말끔하게 제본된 책이다. 손안에 가볍게 들어오는 크기의 양장본으로 겉표지는 짙은 갈색, 책등은 금박으로 장식되어 있다. 가름끈도 아름답다. 부드러운 실이 은은하게 빛난다. 에메랄드그린, 이 얼마나 그 사람다운 색인가. 나는 잠시 감탄하다가 '그 사람다운 것'이란 대체 무엇이었는지 떠올려보려고 했다. 하지만 머릿속에서는 똑같은 생각만 반복될 뿐이었다. 에메랄드그린, 그것은 더없이 그 사람다운 색이지. 그 사람다운 빛깔은 단연코 에메랄드그린뿐이었어. 의심할 여지 없이 그 사람 색깔이야.

더는 그 사람다운 것을 기억해내지 못했다. 책을 무릎에 올려놓고 책표지를 손바닥으로 쓸었다. 그의 이름이 사라졌다가 다시 나타났다.

나는 결코 이 책을 펼쳐볼 수 없을 것이라는 예감이 들었다. 불공평한 일이다. 당찮은 일이다. 혹여 그 사람의 기억이 나처럼 망가지고 있다고 해도, 반대로 그가 시간의 맥박을 빠짐없이 기억하고 있다고 해도 그의 책은 회고록일 수 없었다. 회고록이어서는 안 되었다. 그는 자신의 과거를 쓸 수 없다. 쓰는 것은 타당하지 않다. 그럼에도 책으로 쓰여 내 눈앞에, 손안에 있다면 그것은 물성을 가진 거짓이나 기만이 아니고 무엇일까. 이것이 생일 축하 선물이 되어서는 안 된다. 물론 내가 태어난 날짜 역시 실은 거짓이다. 내 생일은 라라 아주머니의 연민으로 날조된 가련한 여름의 끝, 8월의 마지막날일 뿐이었다. 그렇다고 해도 에메랄드그린이여, 당신은 이 켜켜이 포개진 시간의 틈으로 이토록 가볍게, 주저 없이 미끄러져들어올 수는 없다. 나는 오른손에 힘을 주었다. 책 갈피에서 가름끈을 빼 힘껏 잡아당겼다. 두어 차례 힘을 주어 당기자 가름끈이 책등에서 떨어져나왔다. 온몸이 떨렸다. 떨림이 통증처럼 몸속으로 파고들었다.

파앙, 파앙.

창밖에서 폭죽을 쏘아올리는 소리가 소란스럽게 들려왔다. 불꽃이 검은 하늘에 형형색색으로 번쩍였다가 한숨처럼 사그라지는 광경이 눈앞에 보이는 듯했다. 나의 태어남과는 무관한 화려한 경축. 축하의 뒤를 잇는 매캐한 연기와 화약 냄새. 독립기념일 행사가 시작되려는 모양이었다. 나는 창가로 다가서서 멀리 광장 위 하늘이 붉게, 때로는 푸르게 멍드는 것을 바라보았다.

거기, 삽시간에 타오르는 환희와 고통이 있었다.

문득 내가 인생이라는 삽시간을 너무 오랫동안 견뎌낸 것은 아닐까 생각했다. 불꽃놀이가 잠시 멈추었다. 희뿌연 연기가 하늘을 부유하다 어둠 속으로 자취를 감추었다.

다시 파앙, 파앙 멀리서부터 공기가 떨려와 내 어깻죽지에 닿았다.

* * *

저녁 어스름이 내리기 시작한 교정은 적요했다. 오후면 학생들로 붐비는 잔디밭과 벤치도 한산했다. 도서관 건물 뒤편에서 청년 둘이 담배 연기를 뿜으며 논쟁을 벌이고 있었다. 두 사람은 쌍둥이처럼 청바지에 검은 배낭을 멘 차림으로 쉴새없이 대화를 이어갔다. 도서관 입구 계단에서는 한 학생이 운동화 끈을 고쳐 묶고 있었다. 그는 빠른 동작으로 끈을 묶고 겉옷 주머니에서 이어폰을 꺼내 귀에 꽂으며 후문 쪽으로 바삐 뛰어갔다. 하늘색 롱스커트가 나부꼈다. 시험 기간의 긴장감이 교정 전체에 감돌았다. 도서관을 지나 자연과학대학 건물로 발걸음을 옮겼다. 뒤를 돌아보니 도서관 창문마다 부릅뜬 들짐승의 눈빛처럼 창백한 불빛이 새어나오고 있었다.

창백함, 청춘의 빛.
사람들은 흔히 청춘이 뜨겁고 활기차고 화사하다고 말한다. 그러나 그것은 이미 청춘을 지나온 이들이 옛 시절을 추억하며 떠올리는 인상일 뿐이다. 세월은 얼마나 위대한가. 살갗에 자잘한 주름을 긋고 관절을 닳게 하고 피를 탁하게 만드는 세월은, 시들어가는 육체에 보상이라도 하듯 지난 시절의 기억을 화사하게 물들인다. 넘치는 에너지를 바깥으로 분출하면서도 시시때때로 텅 빈 자신을 마주하게 되는 그 막막한 시절을, 어둠과 밝음의 경계에 놓인 수많은 회색 영역과 가능성의 그림자를 쫓아가는 그 불안한 시기를, 그 창백함을 화사한 빛으로 덧칠해버린다. 세월이 붓질해놓은 기억 속 청춘은 더없이 아름답다.

눈앞에 아른거리는 추억을 걷어내고 지금 청춘을 살고 있는 이들을 본다면 단연코 청춘은 창백한 빛이다. 무언가를 시작하면, 그것이 생산적이든 비생산적이든 무턱대고 치열해지고 마는, 때로는 자신에게, 나아가 타인에게 지나치게 옹졸하게 굴고, 상처를 받으면서 동시에 주고 마는 청춘.

자연과학대학의 낡고 스산한 복도를 걸으면서 나는 내 청춘의 맨얼굴을 제대로 본 적이 없다는 것을 깨달았다. 젊음의 한가운데에서도, 그로부터 한참 비끼어 있는 현재에도. 나는 청춘을 살고도 내 청춘의 얼굴을 모른다. 청춘의 얼굴만이 아니다. 사람은 일평생 거울이나 사진을 통해서만 자기 얼굴을 볼 수 있으니 영영 제 얼굴을 제대로 한번 바라보지 못한 채로 세상을 등지는 것이다. 인간이 자기 자신을 제대로 볼 수 있기는 한 걸까.

복도 끝에 다다라 연구실 문을 두드렸다. 땀으로 축축해진 손바닥을 외투에 문질러 닦았다. 문고리를 돌리려는데 안에서 문이 열렸다.

발걸음 소리가 딱 당신이던데요?

쿠르만이 들어오라고 손짓하고는 문을 닫았다. 가방에서 서류철을 꺼내 그에게 건넸다. 그는 고맙다고 말하며 책상 앞에 앉왔다.

바쁠 텐데 난 이만 가볼게요.

잠깐 앉았다 가요, 나지라. 당신 핑계로 나도 좀 쉬게요.

나는 연구실 안을 서성이다가 쿠르만 등뒤에 있는 창문을 열었다. 창가 모서리를 지키던 마른 장미 한 송이는 변함없이 그 자리에 있었다. 붉은 꽃잎은 마른 지 오래되어 검붉게 변색됐고 뿌얀 먼지는 달 표면의 발자국처럼 꽃잎 위에 고스란히 덧씌워지고 있었다. 장미는 곧 바스러질 듯 위태롭게 꽃병에 기대어 있다. 사 년 전 카탸가 꽂아두고 간 것이라고 했다. 처음 쿠르만의 연구실에 들러 장미를 바라보고 있을 때 그가 말했다. 카탸가 꽂아둔 모양 그대로 놔두었다고, 한 번도 건드리지 않았다고. 그의 쓴웃음이 창가 모서리를, 꽃병을, 말라버린 한 송이 꽃을 세월의 유속으로부터 지켜내고 있었다.

공기가 좀 답답하죠? 미안해요. 이것만 확인하면 돼요.

나는 탁자로 가서 전기주전자의 전원을 켰다. 탁자 위에는 찻주전자와 찻잔과 접시, 차통, 각설탕, 찻숟가락, 냅킨이 가지런히 놓여 있었다. 쿠르만의 질서에 따라 정리된 물건의 위치, 물건들 사이의 간격을 찬찬히 살펴보았다. 열어본 적 없는 그의 책상 서랍 속도 이런 질서에 따라 정리되어 있을까. 그의 기억과 마음도 그럴까. 물이 끓어오르는 소리와 함께 주전자에서 김이 올랐다.

어느 틈에 쿠르만이 다가와 차 마실 준비를 했다. 나는 그가 찻주전자에 적당량의 찻잎을 떨어뜨리고 뜨거운 물을 조심스럽게 붓는 모습을 지켜보았다. 물이 뿌연 김을 뿜으며 찻주전자 속에 고였다. 그와 나는 찻물이 서서히 붉게 물드는 것을 말없이 바라보며 서 있었다. 연구실을 떠도는 공기가 조금 눅눅하게 풀어지는 듯했다.

이렇게 같이 차를 마시고 싶어서 자꾸 집에 뭘 두고 오나봐요.

붉게 물든 찻물을 찻잔에 따르며 쿠르만이 말했다. 우리는 조용히 웃었다.

참, 나지라. 당신에게 보여줄 게 있어요. 앉아봐요.

쿠르만이 책상 서랍에서 작은 우편 상자를 꺼내왔다.

카탸 아버지가 보낸 거예요.

그가 상자 겉면에 붙은 발신인 주소와 이름을 가리켰다. 주소는 상트페테르부르크 외곽에 위치한 노인 요양 병원이었다.

꽤 알려진 곳이에요. 노인성치매 환자들이 대부분이라고 들었어요.

쿠르만은 차를 한 모금 넘기고 우편 상자에서 모서리와 밑면에 녹이 슨 양철통을 꺼냈다. 빛이 바랬지만 뚜껑에 새겨진 상표와 쿠키 그림은 곧바로 알아볼 수 있었다. 그가 상자 뚜껑을 열었다.

나도 이 비슷한 상자가 하나 있어요. 부모님 사진이랑 어릴 적 보물들을 넣어뒀죠.

내 상자는 이거보다는 좀 작아요.

쿠르만이 고개를 들며 소리 내어 웃었다.

추억은 원래 쿠키 상자로 모이게 되어 있나보죠?

나는 종이 포장을 벗긴 각설탕을 찻잔에 넣으며 말했다.

아무래도 추억은 달콤해야 제맛이니까요.

쿠르만은 선선히 고개를 끄덕이고는 사진 한 장을 보여주었다. 아홉 살이나 열 살 정도로 보이는 카탸가 자기 키 높이의 눈사람 옆에서 이를 보이며 환하게 웃고 있었다. 맑게 빛나는 회갈색 눈, 바람을 맞아 붉게 튼 두 뺨, 양 갈래로 땋아내린 머리. 카탸와 눈 사람 뒤로 하얗고 앙상한 자작나무가 빼곡하게 늘어서 있었다.

양철 상자 안에는 낡아 해어진 사진 여러 장과 두 통의 편지, 일곱 장의 새해 인사 카드가 있었다. 카드는 카탸가 여섯 살부터 매년 아버지에게 보낸 것이었다. 어린 카탸의 글씨는 몇 번이고 연습한 뒤 쓴 것처럼 깨끗했다. 카드는 모두 '당신의 딸 이카티리나'라고 끝맺고 있었다.

카탸를 쏙 빼닮은 여인의 사진도 한 장 들어 있었다. 흑백사진 속 여인은 검은 그랜드피아노 앞에 앉아 정면을 향하여 살며시 상체를 틀고 있었다. 입과 눈매가 차분하고 그윽해 우수에 찬 느낌을 주었다. 사진 뒷면에는 짙은 청색 잉크로 'Юлия'라고 쓰여 있었다.

율리야. 카탸 어머니예요. 노래를 하셨대요.

상자 바닥에 카세트테이프 하나가 깔려 있었다. 겉면에 역시 'Юлия'라고 정성스럽게 쓴 글씨가 보였다. 쿠르만은 테이프를 케이스에서 꺼내 앞과 뒤를 번갈아 뒤집어보다가 무심히 다시 집어넣었다.

카탸가 듣고 싶어하지 않을까요?

쿠르만은 대답 없이 물건들을 상자에 도로 집어넣었다. 찻잔을 다 비우고 나서야 그가 입을 열었다.

모르겠어요, 나지라. 그가 이걸 왜 나한테 보냈을까요?

그는 내 대답을 기다리지 않고 또 물었다.

카탸에게 말해도 괜찮을까요?

나는 빈 찻잔을 내려놓았다.

어떨 것 같아요?

그는 오른손 중지로 안경 코다리를 추켜올린 다음 손가락 끝으로 눈썹을 연신 문질렀다.

당신은 알고 있어요, 쿠르만.

그래요.

연구실 안을 서성이던 쿠르만이 책상 앞으로 가 상자를 가방에 밀어넣었다. 가방을 바닥에 내려놓고 나서도 한동안 가방을 응시했다.

지독하지 않아요? 편지 한 줄, 본인 사진 한 장이 없어요. 본인이 받았던 것만 그대로 돌려보낸 거예요.

나는 탁자에 놓인 물건들에 눈길을 주며 우리 각자가 가진 나름의 질서에 관해 생각했다. 나의 질서, 쿠르만의 질서, 카탸의 질서 그리고 카탸 아버지의 질서를 막연하게나마 짐작해봤다. 쿠르만의 말처럼 카탸의 아버지는 옹졸하고 지독한 사람일 수도 있었다. 아내와 딸을 떠나고도 일평생 후회조차 하지 않은 사람. 다른 한편으론 그가 끝끝내 스스로를 용서하지 않은 사람일지도 모른다는 생각이 들었다. 카탸와 율리야로부터 용서받기를 기대하지도 않으며 지나간 세월에 섣불리 화해를 청하지도 않는 사람, 과거의 기억을 화사하게 물들이지 않겠다고 굳게 다짐한 사람일지도 모른다고. 그는 자신이 용서할 수 없는 사람으로 남기를 바랐던 것은 아닐까. 먼 이국에서 흐릿한 인식의 경계를 넘나드는 한 늙은 사내의 질서를 나로서는 알 길이 없었다.

나는 찻잔을 대충 정리하고 가방을 들었다. 문 앞에서 쿠르만을 돌아봤다.

분명한 건 그가 무슨 말이든 하고 싶지 않았거나 할 수 없었다는 거겠죠.

쿠르만이 고개를 주억거리며 다가와 문을 열어주었다.

열한시는 돼야 들어갈 것 같다고 카탸에게 전해주세요.

컴컴한 복도를 지나 계단을 내려갔다. 그제야 연구실 문이 닫히는 소리가 멀리서 들려왔다. 건물을 빠져나오며 내 발걸음 소리에 귀를 기울여보았다. 나다운 구석이라곤 찾을 수 없는 그저 평범한 발걸음 소리였다.

집으로 향하는 길에 창고 안 어디에선가 카세트를 봤던 기억이 또렷하게 떠올랐다. 라디오를 겸한 것으로 은색 안테나가 달린 투박한 검은색 중국제 카세트였다. 그것의 세세한 모양까지 눈앞에 선했다. 건전지 크기도 기억나서 지하도 문구점에 들러 한 세트를 샀다. 카세트테이프가 심하게 손상되지만 않았다면 율리야의 목소리를, 그의 노래를 들어볼 수 있을 것이다. 혹시 카탸의 앳된 목소리도 담겨 있을까. 하지만 집에 가까워질수록 창고에는 애초부터 카세트 따위는 없었다는 생각이 들기 시작했다. 그런 건 창고에 있었던 적도 본 적도 없다는 생각이. 별안간 내 기억에 관한 확신, 그 또렷함이 가장 못 미더운 것으로 돌변했다. 나는 뛰다시피 걸어 집으로 돌아왔다.

* * *

초인종을 누르고 현관문을 여러 번 두드렸는데도 안에서는 인기척이 들리지 않았다. 오전에 전화를 걸었을 때도 마찬가지였다. 평소에는 전화를 걸어 삼십 초 정도 신호음을 듣고 나면 여보시오? 라며 숨을 헐떡이는 아주머니의 쉰 목소리를 들을 수 있었다. 어딜 가신 걸까, 요즘 가실 만한 곳이 있나. 이제 아주머니는 걷는 것이 예전 같지 않아 흐람도 몸 상태가 좋을 때만 나갔다. 주로 집에서 촛불을 밝히고 기도를 드렸다. 가끔 가벼운 산책을 하거나 생필품을 사야 할 때가 아니면 대부분 집에서 지냈다. 끈질기게 이어지던 전화 신호음이 뒤늦게 불길하게 다가왔다. 힘주어 현관문을 다시 두드렸다. 왼쪽 팔이 저려왔다

라라 아주머니! 아주머니!

문 뒤편에서 쇠붙이가 달그락거렸다. 몇 개의 잠금장치를 차례대로 푸는 소리가 연이어 들리고 마침내 현관문이 열렸다.

아직 안 죽었으니 호들갑 떨 거 없다. 뭐, 설사 죽었대도 그럴 필요는 없지.

아주머니는 나와 눈을 마주치지 않고 앞장서 안으로 들어가며 속사포처럼 말을 뱉었다. 거실은 어둑했다. 언제나처럼 깔끔하게 정돈되어 있었지만 집안 전체에 밴 퀴퀴한 냄새를 숨길 수는 없었다. 나는 거실 커튼을 걷고 창문을 열었다.

커튼은 다 걷지 말고 둬라. 지금도 충분히 밝아. 이 나이에 모든 걸 적나라하게 본다는 건 결코 유쾌한 일이 아니다. 피곤한 일이지.

아주머니는 거실 창가에 놓인 안락의자에 앉아 숨을 골랐다. 구부정하고 마른 몸이 낡은 라일락색 스웨터 속에 웅크리고 있었다. 얼굴과 목덜미, 손과 발목, 가려지지 않은 그의 살갗에 빈틈없이 잡힌 주름을 보았다. 나이가 든다는 건 세상과 맞닿는 표면적이 줄어드는 일이 아니겠냐던 쿠르만의 말이 떠올랐다. 아주머니는 눈을 가늘게 뜨고 창밖 아파트 단지 정원을 내다보았다. 어린 나와 줴냐를 힘들이지 않고도 거뜬히 안아올리던 사람, 뭐든 닥치는 대로 억척스럽게 일하던 사람, 걸치레도 생색도 게으름도 모르던 사람. 만약 진짜 어른이 있다면 그건 분명 아주머니일 거라고 어린 나는 생각했었다. 웅장하고 튼튼한 성벽 같았던 아주머니.

그러나 세월의 풍화는 무자비하다. 예전의 아주머니와 현재의 아주머니가 같은 사람이라는 것이 때때로 믿기지 않는다. 삶이 줄곧 그런 식으로 우리를 대해왔다는 게 새삼스럽고 야속했다.

팬찮은 거냐?

커튼을 반쯤 도로 치고 우두커니 서 있는 내게 아주머니가 물었다.

안 괜찮을 게 뭐 있겠어요. 아주머니는요?

나는 구태여 쾌활한 표정을 지었다. 아주머니는 걱정스럽게 나를 바라보던 눈길을 거두고 자리에서 일어나 부엌으로 향했다. 젊은 시절에 비하면 둔했지만 군더더기 없는 몸짓이었다.

나야 아주 괜찮지. 나야말로 안 괜찮을 거라곤 조금도 없으니까.

아주머니는 내가 가지고 온 꾸러미를 힐끔 보고는 목에 걸고 있던 안경을 코에 걸치고 냉장고 옆에 매달린 주머니에서 지갑을 꺼냈다. 나는 못 본 척하며 잠자코 꾸러미에서 물건들을 꺼내 식탁에 펼쳐놓았다. 아주머니는 그런 내 모습을 지켜보다가 더는 못 참겠는지 결국 입을 열었다.

그래서 얼마라고?

아직 얼마라고 말씀 안 드렸어요.

그러니까 얼마라고? 넌 도통 얼마를 썼다고 먼저 말을 안 하잖니. 어릴 땐 안 그랬던 것 같은데 말이다. 영 사람이 흐려져버렸어.

나는 마지못해 아주머니 지갑에서 지폐 두 장을 꺼내 웃옷 주머니에 넣었다.

그거면 되는 거야? 확실히 해야지. 요즘 물가가 하루가 멀다 하고 오르잖니.

충분해요. 아까는 낮잠 주무셨던 거예요?

나는 식탁에서 굴러떨어진 감자 한 알을 주우며 무심한 듯 물었다. 아주머니는 스웨터 주머니에서 담배를 꺼내 물고는 현관 옆 협탁 쪽으로 갔다. 코에 걸쳤던 안경을 벗고 일렁이고 있는 촛불에 담배 끝을 갖다댔다. 한 모금 깊게 빨았다. 담배를 피우는 것은 잠깐 연기 뒤에 숨고 싶을 때, 생각할 시간을 벌고 싶을 때 나오는 아주머니의 오랜 버릇이었다. 이번에는 그럴듯한 핑계가 떠오르지 않는지 아주머니는 담배 연기를 내뿜으며 협탁에 놓인 사진 액자들을 하나하나 들여다보았다.

전처럼 외국인 유학생들한테 방을 세놓는 건 어떠세요?

요즘 어디 여든 넘은 늙은이랑 살고 싶은 애들이 있겠어? 걔들도 돈을 좀더 내더라도 눈치 안 보고 살고 싶겠지. 어느 날 갑자기 곤혹스러운 일이 벌어지진 않을까 걱정도 될 테고. 천천히 말해 달라는 부탁을 받는 것도 이젠 지겹고 말이야.

그렇게까지 할 필요 없는데도 학생들이 부탁하면 과제까지 봐주시니까 그렇죠. 그건 제 또래도 하기 힘든 일이에요.

아주머니는 십오 년간이나 외국인 유학생들에게 방을 세놓았다. 쉐냐를 떠나보내고 일 년 가까이 심신을 심하게 앓다가 조금씩 기운을 차릴 무렵, 올가가 내게 귀띔해주어 시작한 일이었다. 독일, 폴란드, 터키, 중국, 한국 등에서 온 어린 유학생들은 짧게는 몇 달, 길게는 삼 년 정도를 머물다가 고국으로 돌아갔다. 유학생들과 지내면서 아주머니는 생기를 되찾아갔다. 쉐냐를 키울 때처럼, 나를 맡아 돌볼 때처럼 매사에 살뜰하고 힘이 넘쳤다.

그러다 몇 해 전, 이 년 동안 머물다 떠난 한국 여학생을 마지막으로 더는 하숙생을 받지 않았다. 그즈음 십수 년을 함께했던 개 무무가 노환으로 죽었다. 얼마 지나지 않아 아주머니는 아파트 단지 근처 간이매점에서 조간신문을 고르다 심장 발작을 일으켰다. 그런 일들이 줄지어 있고 나서부터 대놓고 말하지는 않았지만 동물이고 사람이고 집에 들이지 않으려 했다.

나에게는 그것이 아주머니 역시 늙고 있다는, 쇠약해지고 있다는 증거처럼 여겨졌다. 살면서 아주머니처럼 가까운 이들을 그토록 많이 떠나보낸 사람을 나는 만나본 적이 없다. 상실 앞에서 아주머니는 바닥을 모르는 사람처럼 무너졌다. 그러다가도 어느 날 문득 가볍게 자리를 털고 일어나 세수를 하고 머리를 가다듬었다. 세수 한 번으로 슬픔을 완전히 씻어낸 사람처럼. 담담하고 꼿꼿하게 허리와 어깨를 펴고 자잘하게 흩어져 있던 일상을 솜씨 좋게 현재의 시간 속으로 그러모으곤 했다. 아주머니는 누군가를 돌보면서 자신을 돌볼 힘을 얻는 사람이었다. 그런 아주머니가 자신이 떠난 후 남겨질 자리를 두려워하게 된 것이다.

나는 냉장실을 열어 달걀과 우유, 양배추를 집어넣고 상하거나 버릴 것이 없는지 살폈다. 오래되어 덩어리진 케피르*와 스메타나**, 곰팡이가 핀 비트를 발견했다. 아주머니가 냉장고 안에서 무언가가 상하거나 썩게 놔두는 것은 전에는 좀처럼 없던 일이었다. 냉동실도 열었다. 얼린 만두, 간 쇠고기, 완두콩과 내용물을 알 수 없는 크고 작은 비닐 꾸러미가 여럿 있었다. 아주머니는 뭐든 냉

---

* 요거트처럼 걸쭉한 발효유.
** 발효 유크림.

동실에 넣어두기만 하면 언제까지고 변하지 않는다고 여겼다. 나는 한 개씩 포장을 뜯어 살펴보다가 구석에서 손목시계를 발견했다. 시계는 아주머니가 아끼던 손수건들로 여러 겹 싸여 꽁꽁 얼어붙어 있었다. 눈에 익은 시계였다. 나는 시계를 원래대로 다시 싸 있던 자리에 놓아두고 냉동실 문을 닫았다. 가슴이 빠르게 뛰었다. 수도를 틀고 컵에 물을 받아 연거푸 몇 잔을 들이켰다.

아주머니가 새 담배에 불을 붙이며 나를 돌아보았다.

나지라, 괜찮은 거냐?

* * *

라라 아주머니의 현관 옆 협탁에는 언제나 밀초가 밝혀져 있다. 노르스름하고 가느다란 세 개의 초가 그윽한 빛을 내며 타들어간다. 두 개도, 네 개도 아닌 반드시 세 개의 초가 촛대에 꽂혀 서로 눈치를 보듯 짧아지다가 새것으로 바뀌곤 했다. 촛대 앞에는 성냥갑, 값싼 향, 재떨이가 놓여 있고 오른편에는 어린아이 손바닥 크기의 액자들이 가족사진을 찍기 위해 카메라 앞에 모인 가족의 모습처럼 옹기종기 세워져 있다.

각각의 액자에는 다른 시간이 고여 있다. 누렇게 빛이 바랜 옛

흑백사진과 인화 상태가 좋지 않은 컬러사진, 잉크젯프린터로 뽑은 듯한 비교적 최근의 사진. 아주머니의 어머니와 쉐냐, 몇 사람을 제외하면 대부분 모르는 얼굴이다. 공군 군복을 입은 청년, 성장盛裝한 노부인, 두건을 쓴 젊은 여공들, 유학생으로 보이는 젊은 이들이 사진 속에서 이쪽의 나를 건너다본다. 간호복을 입은 십수 년 전의 내 모습도 있다. 가장 앞쪽에 놓인 동색 액자에는 풀밭에 엎드려 귀를 쫑긋 세우고 있는 무무의 모습이 담겨 있다.

이제 동색은 스물세 개, 은색은 열한 개가 됐다.

동색 액자 속 사진은 영면한 이들, 은색 액자 속 사진은 아주머니가 늘 그리워하고 아끼는 이들이라는 것을 나는 알고 있었다.

제 사진 다른 걸로 가져다드릴게요.

액자 속에서 간호복을 입고 환하게 웃고 있는 내 모습이 낯설었다. 사진을 찍었던 날이 몇 년도였는지 정확히 기억나지는 않았지만, 병원 정문 앞에서 동료 여럿과 카메라 앞에 서던 순간은 선명하게 떠올랐다. 하늘이 푸르고 맑아 곧 깨질 듯 위태롭게 보이던 그날, 앞머리가 바람에 흩날려 이마를 간질이던 느낌, 사진 찍기 직전 옆 동료가 내 팔꿈치를 끌어당겼던 사소한 움직임까지 생생했다. 아주머니는 내가 동료들과 함께 찍은 사진에서 내 모습만 잘라 액자에 끼워두었다.

놔둬라. 이 사진이 좋아. 이게 가장 너답단 말이지.

저도 이제 늙었어요, 아주머니.

그걸 누가 모를까봐? 늙은 걸 얘기하는 게 아니다. 사람이 나이를 먹고 늙는다고 해서 더 자기 자신다워진다고 할 수는 없지.

아주머니는 사진 속 내 모습 어떤 부분에서 나다움을 보았던 것일까. 사진을 찍었을 무렵, 나는 아주머니와 쒜냐가 살던 집에서 나와 병원 근처 오래된 단칸 아파트에서 살고 있었다. 간호복 속에 철저하게 나를 가둔 채 일에 매달리면서도 동시에 그 사람 곁을 끊임없이 맴돌며 수상한 갈증으로 몸과 마음이 말라가던 시절이었다. 아주머니와는 기껏해야 한 달에 한 번 정도 얼굴을 마주했다. 내 인생에서 라라 아주머니의 존재가 가장 멀고 희미했던 그 시절의 나를 아주머니는 가장 나다운 모습으로 기억하고 있었다. 내게 그 시절은 죄책감으로 남아 있다.

아주머니는 협탁 앞에 구부정하게 서서 사진 속의 한 명, 한 명에게 눈길을 주었다. 눈길이 무무의 사진에 이르자 손끝으로 가만히 액자 가장자리를 쓸어내렸다. 사진 속에서 무무의 황갈색 털은 황금색으로 빛나고 있었다. 액자를 어루만지는 아주머니의 손길은 발치에 엎드려 있는 무무의 머리를 쓰다듬던 예전처럼 다정하고 따스했다.

동물에게 영혼이 없다고 떠들어대는 건 다 헛소리다.

나는 아주머니 곁에 서서 고개를 끄덕였다.

인간과 같은 영혼은 없을지 몰라도 뭔가는 있지. 오랜 세월을 함께하다보면 알 수 있다. 그 뭔가를 인간의 착각이라고 말한다면, 착각이라고 말하는 그 인간들이야말로 큰 착각을 하고 있는 거지.

아주머니의 목소리가 떨렸다. 그는 마른기침을 몇 번 하다가 허리를 곧추세웠다. 두 손을 모으고 눈을 감았다. 촛불이 잠깐 일렁였다. 아주머니 얼굴에 어린 그림자도 함께 일렁였다. 아주머니가 지나온 고통의 시간은 어쩌면 그의 얼굴 위에 일렁이는 그림자 같은 것이었을까. 아주머니는 어둠이 자신을 삼켜버리지 않도록 매일 밤낮으로 촛불을 밝혀두었던 것일까. 나는 맞잡은 아주머니의 거무튀튀한 손, 달싹이는 주름진 입술을 바라보았다. 구릿빛과 은빛 액자 속에 붙박여 있는 이들의 두 눈을 들여다보았다. 세상을 등진 이들, 살아 있으나 멀어져 다시 만날 가망이 없는 이들, 멀지 않은 곳에 있으나 영영 붙잡을 수 없는 이들이 거기에 있었다. 아주머니를 떠났으나 아주머니가 떠나보내지 않은 이들.

시콜라를 졸업할 무렵이었을 것이다. 저녁 무렵, 언제나처럼 부엌 식탁 앞에 앉아 과제를 하던 내가 문득 사후 세계가 있느냐고 물었을 때 아주머니는 감자 싹을 칼로 도려내다 말고 의자를 끌어와 내 곁에 앉았다. 젖은 손을 앞치마에 꼼꼼하게 문질러 닦으며 그가 물었다.

어떨 것 같니?

모르겠어요. 있다고 믿으니까 매일 기도하시는 거 아니에요?

솔직히 나도 잘 모르겠다.

아주머니는 생각에 잠긴 채 갈라진 식탁 모서리를 쓰다듬었다.

하지만 확실한 건, 사람이 죽었다고 해서 이 세상에서 완전히 사라져버리는 건 아니라는 거지.

그럼 어떻게 되는데요?

우리 곁에 머물게 되지. 보이지는 않지만.

좀 무서운 얘긴데요?

너한테도 이 얘기가 무섭지 않게 될 때가 올 거야.

아주머니는 싱긋 웃어 보이고는 자리에서 일어나 내 정수리에 손바닥을 올려놓았다. 축축한 손이 묵직하게 머리를 눌렀다. 그는 돌아서서 다시 감자에 돋은 누런 싹을 칼로 도려내기 시작했다. 그 저녁, 체구가 작은 아주머니의 뒷모습이 어느 때보다도 강인해 보였다.

기도하는 아주머니의 옆얼굴을 지켜보다가 어쩌면 아주머니가
두 손을 모으고 마음속으로 속삭이는 말은 신께 드리는 기도가 아
니라 사진 속 이들에게 건네는 말일지도 모른다는 생각을 했다.
아주머니는 죽음과 망각의 강을 건너간 이들의 안부를 이쪽에서
잊지 않고 묻고 있는 것일지도 모른다고. 나는 흐르는 시간으로
몸을 녹이며 서서히 공기 속으로 흩어지는 촛불을 바라보았다. 서
른네 개의 작은 액자 앞에서, 아주머니 곁에서 나도 두 손을 모으
고 눈을 감았다.

* * *

떼어두었던 카탸의 방문을 다시 달았다.

오전 수업만 있던 날, 쿠르만은 연구실 일과를 서둘러 정리하고
돌아왔다. 늦은 점심을 간단하게 먹은 다음, 여름 내내 창고 한구
석에 세워놓았던 문짝을 현관으로 옮겼다. 문짝을 싸고 있던 낡은
양탄자를 벗기고 묵은 먼지를 털었다. 경첩에 기름을 칠하고 전동
드라이버로 문틀과 문짝을 연결했다. 문이 제대로 열리고 닫히는

지 여러 번 확인한 다음 젖은 걸레로 간유리와 손잡이를 꼼꼼하게 닦았다.

일이 마무리되었을 즈음 나는 차를 끓여 거실로 내갔다. 그는 인기척을 느끼지 못했다. 때문은 걸레를 그대로 손에 쥐고 카탸의 방문 앞에 망연히 서 있었다. 그런 막막한 뒷모습을 나는 이미 본 적이 있었다. 지난봄 어느 날에도 그는 닫힌 카탸의 방문 앞에 오랫동안 그렇게 서 있었다. 저녁 무렵 쿠르만은 여름 동안 문을 떼고 지내보면 어떠냐고 나와 타냐에게 물었다. 여름 동안만이라면 차가운 외풍이 들지는 않을 테니 문제없을 것 같다고 답했다. 이유는 묻지 않았다.

나는 거실 탁자에 찻주전자와 찻잔을 내려놓고 카탸의 방으로 향했다. 방문을 열며 쿠르만을 돌아보자 그는 그제야 우물쭈물 문 앞에서 물러나 소파로 가 앉았다.

카탸, 나 왔어요.

세면대에서 손을 씻고 알코올을 적신 솜으로 한번 더 닦았다. 그러고 나서 그의 가래를 뽑고 미지근한 물수건으로 얼굴을 닦았다. 아래쪽 이불을 걷어올리고 허리 밑으로 패드를 넣어 깔았다. 기저귀를 갈고 다리 사이와 주변을 닦았다. 생리 양이 많이 줄어 있었다.

요 며칠 많이 찝찝했죠?

내가 카탸와 눈을 맞추자 그는 눈을 한 번 깜빡였다. 전날보다 기분이 한결 나아 보였다. 선반에서 보습제를 꺼내 카탸의 발뒤꿈치에 골고루 펴 발랐다. 날이 쌀쌀해지는 무렵이면 어김없이 발뒤꿈치에 각질이 일어났다.

가을이 오긴 오나봐요. 카탸 발을 보니까.

양말을 신기고 이불을 덮었다. 베개를 다시 괴었다.

어때요? 괜찮아요?

카탸가 천천히 눈을 한 번 깜빡였다.

쿠르만이 방문을 다시 달았어요. 시끄러웠죠? 쿠르만은 좀 지쳤나봐요. 밖에서 차 마시고 있어요. 이따가 손톱 손질해요. 좀 쉬고 있어요.

나는 카탸의 창백한 손등을 토닥이고 방을 나섰다. 방문 옆에 걸린 기록표에 생리 양과 몸 상태를 적어넣었다.

카탸는요?

소파 끝에 걸터앉아 차를 마시고 있던 쿠르만이 고개를 들어 물었다.

좋아요. 내일이면 생리도 끝날 것 같아요.

정기검진 받고 오면 늘 보름 정도는 기분이 안 좋잖아요.

쿠르만이 목소리를 낮추어 말했다. 그는 카탸에 대해 말하면서 자신도 모르게 자기 상태를 고백하고 있었다. 나 역시 목소리를 낮추었다.

이번엔 좀 빨리 나아진 것 같기도 해요.

카탸는 집에서 지내기 시작한 뒤부터 정기검진을 수차례 받아 왔다. 그렇다고 익숙해질 수 있는 절차는 아니었다. 각종 촬영을 하고 피를 뽑고 소변을 받는 그 모든 시간은 오로지 '별 이상이 없다'는 진단을 받기 위한 고된 과정이었다. 카탸의 몸은 어느 시기부터 더는 나아질 수 없는 상태가 되었다. 이제는 별 이상이 없는 상태만이 최상의 상태였다. 담당 주치의는 검진 결과를 알리면서 '잘 버티고 있다'거나 '잘해내고 있다'는 문장으로 말문을 열었다. 주치의의 말대로 카탸는 언제나처럼 잘해내고 있었다. 그 사실을 온갖 수치로 확인할 때마다 쿠르만은 기뻐했고 그 기쁨의 깊이만큼 그는 곧 자기 내부로 남몰래 가라앉곤 했다. 이미 묻어버렸다고 여겼던 실낱같은 희망이 자신도 모르는 새에 꿈틀거렸다는 걸 매번 뒤늦게 알아차리기 때문이었다. 카탸 역시 마찬가지일 터였다. 카탸는 검진을 마치고 돌아오면 며칠 동안은 줄곧 눈을 감고 있는 날이 많았다. 발진이 생기거나 소화불량, 변비가 도지기도 했다. '별 이상이 없다'는 말은 카탸와 쿠르만 각자에게 그리고 서로에게 천만다행이자, 끝나지 않는 싸움을 의미했다. '별 이상 없는' 다행을 위해서 그들은 싸움을 계속해야만 했다.

병원에서 집으로 카탸를 데려오기로 결정하고 며칠 뒤, 쿠르만이 나를 집으로 초대했다. 그는 간병을 위해 필요한 기구나 물품이 있는지, 카탸가 오기 전 준비해야 할 것이 더 있는지 살펴봐주기를 부탁했다. 그는 집에서 가장 넓은 방인 침실을 카탸의 방으로 꾸며놓았다. 벽을 새로 칠하고 창을 단열창으로 바꾸고 라디에이터도 새것으로 교체했다. 방 가운데 의료용 침대를 들여놓았고 침대에서 텔레비전을 볼 수 있도록 설치를 해둔 상태였다. 나는 소모품을 비치해둘 선반과 소형 냉장고, 찜질기, 양말이나 잠옷을 넣을 서랍장, 카탸의 추억이 담긴 물건들을 모아두는 탁자를 놓았으면 좋겠다고 조언했다. 방과 욕실 사이의 문을 없애고 방과 거실 사이의 문은 되도록 간유리가 있는 미닫이면 좋겠다는 말도 덧붙였다. 그는 난감하고 근심어린 표정으로 방문을 꼭 미닫이로 바꿔야 하느냐고 물었다. 그 말을 하는 그의 얼굴은 어떤 간절함을 드러내고 있었다. 나는 꼭 그렇게 해야 하는 것은 아니라고 선선히 대답했다. 나중에야 그가 방문을 그대로 남겨두고 싶어했던 이유를 들었다.

이 집에서 저 문만 카탸가 직접 페인트칠을 했거든요. 침실만은 자기가 직접 하고 싶다면서 칠하고 말리고 또 칠하고…… 꼬박 나흘이 걸렸어요.

쿠르만은 사소한 이유로 나와 타냐를 불편하게 만든 것 같다며 미안해했다.

나지라, 지금이라도 방문을 미닫이로 바꾸는 게 좋을까요?

쿠르만, 굳이 그러지 않아도 돼요. 나도 타냐도 이제 익숙해졌어요.

쿠르만은 빈 찻잔을 내려놓지 않고 두 손으로 감싸쥐었다.

올봄에 말이에요. 퇴근하고 들어와서 저 문을 여는데 그런 생각이 드는 거예요. 내가 문을 열고 들어가야만 카탸를 볼 수 있구나. 카탸가 문을 열고 나올 일은 이제 없는 거구나. 카탸는 열 수 없고 밖에서만 문을 열 수 있다면 카탸는 갇혀 있는 거나 다름없구나. 몸에 갇히고 방에 갇히고 그렇게 이중으로 갇혀 있구나. 아니, 카탸를 가장 철저하게 가두고 있는 건 나구나. 카탸가 이 긴 싸움을 하는 이유는 나일 테니까. 뭐 그런 생각이요.

쿠르만이 나지막하게 중얼거렸다. 지쳐 보이긴 했지만 그의 얼굴에 좌절이나 슬픔은 드러나지 않았다. 도리어 고요하고 담담했다. 자신 또한 자기 몫의 고통 속에 마땅히 갇혀 있어야 한다고, 혼자서만 자유로이 위로를 받을 수는 없다고 생각하는 것 같았다.

나는 쿠르만 곁에 앉았다. 어떤 말이든 입 밖으로 뱉는 순간 무용해지리라는 예감이 들었다. 두 사람의 시공간이, 아니, 쿠르만과 나, 나와 카탸, 카탸와 쿠르만 사이의 시공간이 점점 한없이 아득해지는 것을 감각했다. 우리 각자가 끝끝내 서로에게 가닿을 수 없다면, 온전히 타자에게 귀속되어 자신을 버릴 수 없다면, 내가 타자가 되는 일이 결단코 가능하지 않다면, 우리는 모두 '갇힌' 존재가 아닐까. 어쩌면 우리 각자가 이 세계에서 살아남고 견디는 방식은 타자를 향해 자신을 열어 보이는 방식이 아니라 온전히 자기 자신에 갇히는 것, 갇힌 채로 타자의 곁에서 기꺼이 또 한번, 함께, 이중으로 갇히는 것이 아닐까.

쿠르만이 쥐고 있는 빈 찻잔 속을 건너다보았다. 그 좁고 우묵한 찻잔 바닥에 그와 내가 잠시 갇혀 있는 것만 같았다. 그때, 열쇠 꾸러미를 짤랑거리며 타냐가 현관으로 들어섰다. 나와 쿠르만은 갇혀 있던 시간으로부터 갑작스럽게 풀려난 사람들처럼 황급히 자리에서 일어섰다.

타냐가 슬리퍼를 끌며 거실로 들어왔다. 잠시 카탸의 방문을 바라보았다. 멋쩍게 서 있는 쿠르만과 내게 말했다.

이제 여름이 끝났네요.

* * *

남겨진 아이들.

잠에서 깨어났을 때 맨 처음 떠오른 그 단어가 종일 머릿속을 맴돌았다. 어제 방영된 구소련에 관한 다큐멘터리에서 그 말을 들은 것 같기도 했다. 다큐멘터리가 아니라 뉴스였던가. 언젠가 쿠르만이 자신과 카탸를 가리켜 했던 말 같기도 했다. 아니, 어쩌면 올가나 나스탸와 얘기를 나누다 나온 말인지도 모르고 오래전 일기장 어딘가에 적었던 말인지도 몰랐다. 그것도 아니라면 그저 오늘 아침, 머릿속에서 우연히 조합된 두 단어일 뿐인지도.

이틀, 아니 사흘 전이었던가. 일어나려고 이불을 젖히며 허리를 곧추세우는데 느닷없이 '썩은 양파'라는 말이 떠올랐다. 만약 뇌도 가려울 수 있다면 그런 느낌일까. '썩은 양파'라는 말은 내 모든 감각을 집중시키고 관련된 기억을 마구잡이로 끄집어냈다. 마치 가려움증처럼 기억이 떠오르면 떠오를수록 기억을 떠올리는 것을 멈출 수 없었다. 두서도 맥락도 없는 기억들, 떠올리거나 떠오르는 것만으로는 아무런 의미도 찾을 수 없는 기억들. 그날 나는 주문에 걸린 사람처럼 '썩은 양파'에 사로잡혔다. 찻물을 끓이면서도 썩은 양파, 빨래를 널면서도 썩은 양파, 건널목을 건너면서도 썩은 양파, 하고 되뇌었다. 오늘은 종일 남겨진 아이들, 남겨진 아이들, 하고 중얼거린다. 요즘 나는 하루를 그런 식으로 보낸다. 어떤 날은 '썩은 양파'의 하루를, 또 어떤 날은 '고장난 버스' '고기파이' '여름 정원'의 하루를 보낸다.

이제 내게 시간은 우연의 불연속에 지나지 않는다. 나는 '흐름'을 잃어버렸다. 결과만으로 둘러싸인 세계 속에 돌연 던져지곤 한다. 그럴 때면 내가 발 디디고 서 있는 장소도, 발의 주인인 나 자신도 하나의 수수께끼가 된다. 그럼에도 내가 '나 자신'이라는 감각은 아직 남아 있어서, 잠시 숨을 고르며 건물 외벽에 기대어 있거나 계단참에 앉아 맥박 소리에 귀기울이다보면 알게 된다. 내가 아직 나라는 것, 나와 같은 이는 나뿐이라는 것, 나와 같은 이가 나뿐이라고 인식할 수 있는 것이야말로 내가 나 자신임을 부정할 수 없는 증거라는 자명한 사실을 깨닫게 된다. 그 점멸등과도 같은 감각에 의지해 나는 결과뿐인 세계에서 원인의 세계로, 과거가 있고 늙음이 있는 세계로 되돌아온다.

오후에 시장에서 잘 여문 레몬을 보았다. 파란색과 빨간색 두 개의 플라스틱 바구니에 레몬이 세 개씩 담겨 있었다. 오돌토돌한 레몬 껍질을 보면서, 싱그러운 향기를 맡으면서 나는 어김없이 '남겨진 아이들'이란 말을 떠올렸다. 그러자 수년 전 기억이 땅속에 묻혀 있던 사슬처럼 연이어 끌려나왔다. 광장의 열기를 날카롭게 가르던 간헐적인 총성. 광장을 가로질러 정부 청사로 내달리던 시민들의 발걸음과 쉰 목소리. 화염에 휩싸인 경찰차와 청사 건물. 남겨진 아이들. 보안군과 경찰들의 흔들리던 눈빛. 레몬색 깃발을 치켜들거나 돌을 던지며 앞으로 나아가던 수천 명의 시위대. 남겨진 아이들. 그 3월의 봄날, 부정선거에 항의하던 반정부 시위대는 십오 년 동안 집권하던 대통령을 끝내 끌어내렸다.
나는 파란 바구니에 담긴 레몬 세 개의 값을 치렀다. 노랗고 둥근 레몬 안에 과거의 목소리들이 과육의 형상으로 응집되어 있는 것만 같았다. 레몬색과 튤립으로 상징되었던 민중 봉기는 그 봄으로 끝나지 않았다. 오 년 뒤 봄에 또다시 일어났다. 이 작은 나라,

이 작은 도시에 너무도 많은 피가 흘렀다. 그러나 그 유혈은 우리가 어디에 있었고 어디로 가야 하는지를 알려주는 지표가 되었다. 너무나도 아프고 비린 지표.

집으로 돌아오는 길에 광장 옆 공원을 걸었다. 남겨진 아이들. 전승 기념 광장 한가운데에서 예복을 차려입은 한 쌍의 젊은이가 결혼 서약을 하고 있었다. 친지들이 그들 주위에 둘러서서 박수를 치고 건배를 했다. 해사한 웃음소리가 귓전까지 들려왔다. 남겨진 아이들. 하늘이 몹시 푸르렀다. 광장 입구에서는 조악한 풍경화 몇 점을 팔러 나온 노인이 간이의자에 앉아 졸고 있었다. 햇살이 곧게 그의 뺨으로, 손등과 무릎으로, 지상으로 떨어졌다. 모든 것이 환하게 빛나며 빛을 되받아쳤다. 빛은 세계의 표면에 부딪히고 방향을 바꾼다. 빛의 반사 속에서 우리는 검고 희고 노랗고 붉다. 레몬이 되고 풍경화가 되고 한 쌍의 부부가 되고 그림을 파는 노인이 되고 자기 자신이 된다. 남겨진 아이들. 나는 가던 걸음을 멈추고 사위를 둘러보았다. 나는 두 다리로 버티며 서 있었고 아직 나 자신이었다.

                                    * * *

　흐람 입구의 육중한 문이 반쯤 열려 있었다. 그 사이로 보이는
실내는 세속의 어둠을 모조리 끌어안은 듯 어두컴컴했다. 수백 개
의 촛불이 어둠 속에서 일렁였다. 주위에는 아무도 없었다. 나는
안으로 들어가지 않고 마지막 계단을 딛고 서 있었다. 어디선가
성가를 부르는 소리가 어렴풋하게 들려왔다. *신이시여, 저들을 불*
쌍히 여기소서. 우리를 굽어살피소서. 오랫동안 병을 앓은 어린아
이처럼 가늘고 여린 목소리였다. *신이시여, 부디 우리를 용서하소*
서. 열린 문 틈으로 거대하고 투명한 몸집이 빠져나간 것처럼 휘
익 바람이 일었다. 머리에 쓰고 있던 스카프가 흘러 날아가는 것
을 가까스로 움켜잡았다. 하얀 스카프는 손아귀 안쪽에서부터 검
게 물들기 시작하더니 그림자가 드리우듯 서서히 검게 변했다.

　까마귀?
　내 상체만큼 컸어.
　검게 변해버린 스카프를 커다란 까마귀가 낚아채 날아간 것이
지난밤 꿈의 마지막 장면이었다. 올가가 턱을 괴고 눈을 가늘게
떴다.

넌 꿈 잘 안 꾸잖아. 뭔가 의미심장하네.

그랬지.

요즘은 종종 꿈을 꿔. 깨고 나면 무서워서 몸을 떨고 숨을 몰아쉬어, 올가. 뒷말은 뱉지 않고 가만히 목안으로 삼켰다. 맞은편에 앉은 올가의 미간을 바라보았다. 반듯하고 매끈한 이마와는 대조적으로 미간 주름이 깊었다. 올가의 표정에는 호기심과 근심이 뒤섞여 있었다.

스카프가 왜 검게 변한 걸까? 까마귀는 또 뭐고?

그보다 난 노랫소리가 너무나 생생했던 게 마음에 걸려. 꼭 갓난아기 울음소리 같았거든.

올가는 턱밑에 괴고 있던 손을 탁자에 소리 없이 내려놓았다.

전에도 말했지만 나지라, 그 일은 네 잘못이 아니야.

알아.

나는 천천히 고개를 끄덕였다.

전에 쿠르만이 들려준 이야기인데, 까마귀는 하늘의 신과 지상의 인간을 연결해주는 새라고 그러더라.

쿠르만이 그런 말을 했었어?

세상 만물에는 어떤 패턴이 있다고 믿는 게 수학자의 본성 같은 건가봐. 쿠르만은 자기 꿈 내용을 공책에 적어. 꿈에 자주 나타나는 상징이나 패턴이 있는지 알아내려고 말이야. 프로이트나 융이 말했던 꿈의 해석 같은 거냐고 물으니까 그저 자기만의 방식을 따를 뿐이라고 하더라고. 쿠르만 꿈에는 벌집이 자주 나온대. 꿈에서 벌집을 보면 안 그러려고 아무리 애를 써도 꼭 돌을 던지거나 발로 차거나 해서 벌떼에 쫓기게 된대.

호기심에 찬 아이처럼 꿈 이야기를 하던 쿠르만의 모습이 떠올라 나는 혼자 웃음 지었다. 올가는 내 이야기를 듣고만 있었다. 내가 쿠르만이나 카탸와의 사소한 일상에 관해 이야기할 때면, 언젠가부터 올가는 아무 말 없이 내 두 눈을 들여다보곤 했다. 마음까지 처연하게 만드는 올가의 그 눈길이 때론 불편하게 느껴져 피한 적도 많았다. 나는 얼굴에서 웃음을 거두고 차를 한 모금 넘겼다. 올가 역시 남아 있는 차를 천천히 마셨다.

나지라, 그 두 사람이 너한테 특별한 사람들이었다는 거 알아.

올가가 찻잔을 내려놓으며 아랫입술을 깨물었다. 앙다문 입술이 결연해 보였다. 뭔가 결심한 듯 다시 입을 열었다.

그래도 난 네가 걱정돼.

걱정할 거 없어. 내가 간병인으로서 그들과 거리를 둬야 한다는 거 누구보다도 잘 알고 있어.

아니, 너는 모르고 있어!

올가의 격양된 목소리가 우리 사이의 공기를 뒤흔들었다. 그의
붉어진 눈에 금세 눈물이 차올랐다. 감정을 추스르려는 듯 올가는
두 손으로 얼굴을 가리고 숨을 골랐다. 잠시 후 올가가 젖은 얼굴
을 들어 나를 건너다보았다.

쿠르만과 카탸 이야기할 때 말이야.

올가의 두툼하고 주름진 손이 내 손등에 포개졌다.

너는 항상 현재형으로 말을 해.

올가와 나는 서로 손을 맞잡은 채로 한동안 아무 말도 하지 못
했다.

우리 사이로 거대하고 투명한 시간의 덩어리가 지나간 것처럼
휘익 바람이 일었다. 나는 바람에 벗겨져 날아가는 검은 모자를
간신히 움켜잡은 적이 있었다. 검은 리본과 검은 망사가 달린 챙
이 넓은 모자였다. 그해, 그 묘지에서 나는 찬란한 봄을 목격했다.
싱그러운 풀 냄새를 맡았다. 나란히 마련된 두 개의 묏자리와 하
나의 묘비를 보았다.

감각이 시간을 속일 수도 있을까. 시간이 감각을 마비시킬 수도
있을까. 현재뿐인 삶이 이토록 질길 수도 있을까.

나는 기억한다. 기억할 수 있었다. 이명처럼 귓가를 떠나지 않

던 그날의 기도 소리. *신이시여, 저들을 불쌍히 여기소서. 우리를*
굽어살피소서. 신이시여, 저 가엾은 영혼을 구원하소서. 부디 편
히 잠들게 하소서.

* * *

카탸는 서른 살이 되지 못했다.

마지막 나날을 나는 기억하고 있다.

카탸가 떠나기 전 한 달은 그 어느 때보다도 평화로웠다. 초목
이 여름을 준비하기 시작해 사위가 온통 푸르고 싱그러웠다. 아침
저녁으로 가벼운 바람이 부는 맑은 날이 계속되었다. 가로수는 푸
른 잎으로 무성해졌고 시장과 거리 좌판은 형형색색의 꽃과 과일
로 풍성했다. 3월을 뜨겁게 달구던 광장의 열기도 점차 진정되어
갔다. 행인들의 얼굴과 걸음걸이에는 무엇이든 새로이 시작할 수
있으리라는 조심스러운 기대감이 깃들어 있었다.

쿠르만은 대학에서 강의를 하게 된 뒤 처음으로 안식년을 가졌
다. 그러나 출강만 하지 않았을 뿐, 진행중이던 논문을 마무리하
기 위해 4월까지 매일같이 연구실에 나갔다. 5월이 되어서야 그는

안식년다운 시간을 보낼 수 있었다. 아침 늦잠을 자고 카탸의 식사를 직접 챙기고 카탸와 함께 자주 산책에 나섰다. 저녁이면 카탸의 방에서 책을 읽거나 텔레비전을 봤다. 틈틈이 갖가지 집안일을 도왔다.

5월 중순, 멀리 캄차카에 사는 타냐의 큰아들 세르게이로부터 반가운 소식이 전해졌다. 세르게이의 아내 소피야가 무사히 딸을 출산했다는 소식이었다. 우리는 쿠르만의 메일로 태어난 지 열흘이 된 아기의 사진을 받아 보았다. 카탸와 함께 사진을 보기로 했다. 침대를 세워 카탸를 기대어 앉히고 그 곁에 모여앉았다. 우리는 노트북에 아기 사진을 띄워놓고 천천히 한 장씩 넘겨보았다. 포대기에 싸인 자그마한 몸, 핏기가 가시지 않은 붉은 얼굴, 이 세계에 온 지 얼마 되지 않은 생명의 신비와 마주했다. 갓 태어난 아기가 눈앞에 있기라도 한 것처럼 손가락 끝으로 아기의 이목구비를 짚어보기도 했다. 한참 동안 봤던 사진을 여러 번 되풀이해 보며 큰 소리로 웃고 농담을 주고받았다. 하도 웃어서 두 뺨과 뱃가죽이 당겨왔다.

나는 손바닥으로 뺨을 쓸어내리며, 노트북 모니터를 들여다보고 있는 쿠르만과 카탸, 타냐의 모습을 가만히 훔쳐봤다. 어떤 불순물도 섞이지 않은 순수한 기쁨이 그들 얼굴에 묻어 있었다. 곧 사그라질 환희. 환한 웃음이 꽃처럼 피었다. 그 꽃은 머지않아 시들 것이다. 품고 있던 슬픔이라는 씨앗을 바닥으로 떨어뜨릴 것이다. 씨앗은 언젠가 다시 꽃을 피울 테지만, 우리 감정의 생태계는 어김없을 테지만, 잠시만이라도 시간이 멈추었으면 했다. 다시 오지 않을 이 기쁨이 우리 곁에 좀더 오래 머물렀으면 했다. 볼을 감싸고 있던 손끝이 차가워지고 왼팔이 저릿해져왔다. 바라면 안 되는 것을 바라게 될 때, 기쁨이 가장 충만할 때 나는 무섭고 불안했다.

기쁨이 두 뺨에 잔잔히 고여 있던 십삼 년 전 그날에도 나는 시간이 잠시 멈추었으면 좋겠다고 생각했다.

새해를 하루 앞두고 나는 라라 아주머니와 쉐냐가 사는 아파트로 갔다. 거의 일 년 만에 방문한 것이었다. 그 사람이 모스크바로 떠난 뒤 적어도 한 달에 한 번은 들르던 내가 전화도 뜸하고 이런저런 핑계를 대며 오지 않자 아주머니는 새해만큼은 꼭 함께 맞이하자고 전화로 신신당부를 했다. 평소 내색하는 일이라곤 없던 그였지만 그날따라 목소리에 섭섭한 기색이 역력했다.

나지라, 너 정말 괜찮은 거냐?

136

그럼요.

왜 네 말에 믿음이 가지 않는지 모르겠다. 널 보면 알게 되겠지.

걱정하실 거 없어요.

대답은 그렇게 했지만 내 얼굴을 마주하는 순간 아주머니가 모든 걸 알아차릴까봐, 그래서 내가 어쩔 도리 없이 그간 일어났던 일들을 죄다 고백해버릴까봐 겁이 났다. 그러면서도 아주머니의 품이, 아주머니가 만들어주는 따뜻한 음식이 몹시도 그리워졌다. 아주머니와 통화를 끝내고 침대에 모로 누워 한참을 소리 없이 울었다. 욕실에서 젖은 얼굴에 찬물을 끼얹고 고개를 들었을 때, 거울에 비친 해쓱한 낯빛을 보았을 때 지난 일 년의 참담함이 내 얼굴에 고스란히 새겨진 것을 발견했다. 며칠 새에 씻어낼 수는 없을 슬픔이었다.

몇 번이나 거울 앞으로 가서 머리와 옷매무새를 가다듬었다. 입꼬리를 올리는 연습도 했다. 늦은 오후가 되어서야 미리 사다놓은 선물을 들고 집을 나섰다. 아주머니에게 드릴 담배와 밀초, 쥐냐에게 줄 보드카, 함께 먹을 케이크와 초콜릿, 탄산주. 양손에 든 짐과 마음의 무게가 더해져 발걸음이 무거웠다. 보스토크 5구역으로 걸어가면서 어떤 일이 있어도 두 사람 앞에서는 눈물을 보이지 않겠다고 주문처럼 되뇌었다. 며칠 전 내린 눈이 얼어붙어 길이 온통 미끄러웠고 넘어지지 않으려고 최대한 천천히 걸었다. 최대한 도착을 늦추고 싶었는지도 모른다.

라라 아주머니와 줴냐는 여느 때와 다름없는 태도로 나를 맞았다. 우리는 서로를 가볍게 끌어안았다. 거실에는 이미 새해맞이 만찬이 차려져 있었다. 펠메니*와 올리비에샐러드, 콜바사소시지와 치즈 그리고 탄산주까지. 식탁 위에 오늘을 기다린 아주머니의 마음이 놓여 있었다. 우리 세 사람은 텔레비전을 틀어놓고 보드카를 곁들여 오랫동안 저녁식사를 했다. 밤이 되자 텔레비전에서 영화 〈운명의 아이러니, 혹은 즐거운 목욕 하세요!〉**가 방영되었다. 새해를 맞을 때면 어김없이 방영되는 영화 속에서 배우들의 모습은 십수 년이 흘렀는데도 변함이 없었다. 나이가 들지 않는 인물들, 새해면 반복되는 똑같은 이야기를 보고 있자면 기묘한 기분이 들곤 했다.

늙어가는 줴냐가 절대 안 늙을 줴냐를 보고 있구나.***

---

* 고기만두나 물만두와 비슷한 음식.

** 1976년 1월 1일 소련 텔레비전 채널에서 방영해 큰 인기를 끈 로맨틱코미디 영화. 새해를 배경으로 하고 있어 러시아 등 옛 소련 국가들에서 연말연시에 자주 방영한다.

*** 영화의 남자 주인공 이름은 '줴냐'로, 라리사의 아들과 이름이 같다.

라라 아주머니는 기분이 좋은지 농담을 건네며 줴냐의 잔에 보드카를 따랐다. 줴냐가 특유의 웃음소리로 호탕하게 웃었다. 그가 힐끔 나를 건너다보았다.

나지라, 요즘 일은 어때?

힘들지. 다들 어려운 시기니까.

병원에 간호사가 너 혼자는 아니지?

무슨 말이 하고 싶어서 그래?

살이 너무 **빠졌어**, 너.

혹시 몸에 무슨 문제가 생긴 거냐?

기다렸다는 듯 아주머니도 한마디 거들었다. 나는 펠메니를 입한가득 넣고 씹으며 고개를 저었다.

자주 좀 와. 네가 와야 덕분에 나도 맛있는 걸 먹지. 응?

줴냐가 내 눈을 보며 되물었다. 나는 그의 시선을 피하며 작게 고개를 끄덕였다. 아주머니는 자리에서 일어나 부엌으로 갔다. 뭘 더 차리려는 것인지 조리대 앞을 분주하게 오갔다. 줴냐가 내 어깨를 툭 쳤다. 말없이 손가락으로 왼쪽 팔목을 가리켰다. 몇 해 전 내가 간호사로 일하기 시작했을 때 받은 월급으로 줴냐에게 선물한 손목시계였다.

아주 튼튼해. 마음에 들어.

줴냐는 전에도 여러 번 그렇게 말한 적이 있었다. 툭툭. 손목시계의 유리를 검지와 중지 끝으로 가볍게 두드리면서. 그리 값비싼 시계는 아니었다. 그런데도 그는 그 시계를 아끼고 좋아했다.

나중에 더 좋은 걸로 사줄게.

아니, 이게 딱 좋아. 아, 참.

줴냐가 웃옷 안주머니에서 길쭉한 상자 하나를 꺼내 내게 내밀었다. 나는 포장을 뜯어보았다. 짙은 푸른색 만년필이었다.

넌 항상 뭔가를 쓰잖아. 나는 읽어본 적 없지만.

몰래 읽어본 적 없었어?

없어.

한 번도?

보여줘도 읽을까 말깐데 뭐. 뭘 읽는 건 너랑 엄마가 좋아하지. 난 아니야.

줴냐, 선물 고마워. 정말.

고마우면 무조건 건강하게 지내. 다음에 올 땐 살쪄서 오기다. 응?

줴냐가 내 어깨에 잠깐 손을 올려놓았다. 그는 나보다 세 살 위였지만 언제나 열 살쯤은 많은 것처럼 느껴졌다. 단순하고 정직하고 유쾌한 사람. 노동으로 단련된 그의 두툼한 손이 꽤 무겁게 느꺼졌다.

아주머니가 식탁으로 토마토수프를 내왔다. 아주머니만의 비법이 담긴 토마토수프는 보르시*나 솔랴카**의 풍미와는 달랐다. 더 소박하고 담백했다. 줴냐와 나를 키워낸 수프. 줴냐와 나는 그것을 '라라 수프'라고 불렀다. 우리는 한동안 아무 말 없이 수프만 떠먹었다.

아파트 정원에서 폭죽 터지는 소리가 요란하게 울리기 시작했다. 줴냐가 탄산주를 세 개의 잔에 나눠 따랐다. 자정이 지나자 집집마다 우라!***를 외치는 소리가 들렸다. 우리도 잔을 부딪치며 새해 인사를 나누었다.

스 노빔 고돔!****

자 즈도로비에.*****

단출하지만 충만한 온기 속에서 새해를 맞았다. 그렇게 지난 일

---

* 레드비트와 고기를 넣고 걸쭉하게 끓여 스메타나를 곁들여 먹는 수프.
** 소고기 육수에 양파, 당근, 감자 등을 넣고 끓여 레몬과 올리브를 곁들여 먹는 수프.
*** 만세! 혹은 와!를 뜻하는 감탄사.
**** 새해 복 많이 받으세요!
***** 건강을 위하여!

년으로부터 하루 더 멀어졌다. 언제든 돌아올 곳이 있다는 사실이 다시금 내게 안도감을 주었다. 나는 눈물이 날 것 같을 때마다 애써 더 쾌활하게 웃었다. 그러다 어느 순간에는 애쓰는 것을 잊어 버렸다. 그날은 췌냐가 세상을 떠나기 두 달 전쯤이었다. 우리 세 사람이 함께한 마지막 새해맞이였다.

쿠르만의 낮은 웃음소리가 다시 가까워졌다. 얼굴이 붉게 상기되어 웃고 있던 그가 타냐에게 말했다.

타냐, 당신도 저곳에 있어야 해요.

쿠르만은 그렇게 말하고 동의를 구하는 듯 나를 쳐다보았다. 나는 선선히 고개를 끄덕였다.

며칠 뒤 쿠르만은 좀처럼 마음을 놓지 못하는 타냐를 등 떠밀다 시피 해 한 달간 휴가를 보냈다. 여행을 위한 준비를 도맡았고 여비도 보탰다. 그렇게 활기찬 쿠르만의 모습을 나와 타냐는 이전에 본 적이 없었다. 그래서 쿠르만이 하자는 대로 기꺼이 따랐다.

사 년 동안 정말 고생 많았어요, 타냐. 여긴 걱정하지 말아요. 나지라와 잘하고 있을 테니까요.

마나스공항 로비에서 쿠르만과 나는 차례로 타냐를 껴안았다. 평소에는 감정을 잘 드러내지 않는 타냐의 얼굴이 곧 울음을 터뜨릴 것처럼 붉어졌다. 그는 언제나처럼 느릿느릿한 걸음으로 출국장을 향해 걸어가면서 여러 번 뒤를 돌아보았다. 우리는 몇 번이고 서로에게 손을 흔들었다.

4월 말에 받았던 카탸의 정기검진 결과도 별문제가 없었다. 혈액이 빨리 응고되는 경향을 보였지만 주치의는 문제될 것은 없으니 지켜보자고 했다. 날이 한결 따뜻해져 발뒤꿈치에 일어났던 각질도 사라졌고, 소화와 배변도 원활했다. 검진 이후에도 방에 들어서면 카탸가 눈을 뜨고 맞이해 마주보며 얘기할 수 있는 날들이 많았다. 그는 기분도 몸도 안정되어 보였다. 쿠르만은 침대를 카탸의 방으로 옮겨 잠을 자기 시작했다. 쿠르만과 나는 카탸의 방에서 함께 다큐멘터리를 보고 책을 읽고 빨래를 정리하고 차를 마셨다. 일상의 톱니바퀴가 모처럼 시간을 상처내지 않고 부드럽게 굴러갔다.

화요일 늦은 저녁, 쿠르만이 방문을 두드렸다.
나지라, 괜찮으면 한잔 어때요?
그래요. 카탸는 잠들었어요?
쿠르만은 고개를 끄덕이며 미소 지었다.

뭐라도 걸치고 와요. 부엌은 좀 썰렁해요.

식탁에는 술과 간단한 안주가 차려져 있었다. 콜바사와 치즈, 아몬드가 작은 접시에 담겨 있고 조지아산 와인이 잔을 채우고 있었다. 나는 카디건을 어깨에 걸치며 자리에 앉았다.

잠이 잘 안 올 것 같아요?

당신한테 뭘 숨긴다는 게 가능하기는 해요?

아마 불가능할 거예요.

쿠르만과 나는 잔을 부딪치며 소리 죽여 웃었다.

내일 시장에 가면 딸기를 좀 사다줄 수 있어요?

그래요. 믹서에 갈면 카탸도 맛을 볼 수 있을 거예요.

고마워요.

벌써 이 주가 지났네요.

타냐는 잘 있겠죠?

쿠르만은 가만히 술잔을 내려다보았다.

우리가 같이 모여서 아기 사진 볼 때 말이에요. 그렇게 웃는 나 자신이 참 좋았어요. 너무 오랜만이었는데도 어색하지가 않았어요. 그때 카탸를 봤는데 눈이 빨개졌더라고요.

나는 쿠르만이 목덜미를 쓸어내리는 모습을 바라보았다.

이대로도 좋다, 충분하다, 그런 생각이 들었어요. 카탸, 나, 타냐 그리고 나지라 당신…… 카탸가 지금처럼 버텨준다면 좋겠다, 속으로 그랬어요. 나란 인간 참 가혹하죠?

나는 포크로 콜바사를 찍어 쿠르만에게 내밀었다.

가혹해요. 그래도 웃어요, 쿠르만. 기왕 가혹해져버렸으니까요.

다음날 카탸는 딸기를 맛보지 못했다. 영영 그 어떤 것도 맛볼 수 없게 됐다.

주치의는 눈에 띄는 이상이 발견되지 않는 것으로 볼 때 카탸의 심장에 문제가 생겼던 것 같다고 했다. 그는 정확한 사인을 알기 위해 부검을 원하는지 쿠르만에게 물었다. 쿠르만은 일그러진 얼굴로 고개를 저었다. 가혹한 쓴웃음이 그의 얼굴을 뒤덮고 있었다.

2005년 5월 25일 수요일 오후 2시 9분, 이카티리나는 영면했다.

3장

카탸의 장례는 기존의 어떤 형식도 따르지 않았다. 유일한 죽음에는 유일한 형식만이 가능하다는 것을 쿠르만은 알고 있었고 온전히 받아들였다.

카탸와 쿠르만은 오래전부터 남겨진 아이들이었고 남겨진 채로 성장했다. 그들 곁에는 세간의 형식을 강권할 만한 어른이 없었다. 삶의 고비마다 의지하거나 기도를 올리는 신도 없었다. 그러므로 러시아정교나 이슬람교의 장례 형식을 빌리지도 않았다. 장례의 모든 절차는 쿠르만과 카탸의 선택들로 이루어졌다. 그 선택들이 곧 그들 자신이었다.

카탸는 너무 오래 누워 있었잖아요.

쿠르만은 카탸를 화장하는 게 좋겠다고 했다.

장례식 전에 화장을 마치고 납골함을 카탸가 지내던 방에 하루 이틀 머물게 하기를 원했다. 목요일에 화장터에서 납골함을 받아 집으로 돌아온 뒤 금요일 하루 동안은 집안을 정리하고 조문객을 맞을 준비를 한다. 토요일에는 집에서 조문객을 맞는다. 조문객들이 돌아가면 일요일 새벽에 차를 타고 발릭치*로 가서 쿠르만의 부모님이 잠들어 있는 곳 가까이, 본래 쿠르만과 카탸가 나란히 묻히기로 약속한 장지에 카탸를 묻는다. 이것이 쿠르만과 카탸의 방식이었다.

수요일 밤, 쿠르만과 나는 장롱에서 카탸가 결혼식 때 입었던 드레스를 찾아 꺼냈다. 머리장식과 장갑도 진주색 예복 상자 안에

---

* 키르기스스탄의 이식쿨호수 서부에 위치한 도시. 이식쿨주의 주도.

고이 보관되어 있었다. 쿠르만은 신발장에서 카탸가 아끼던 갈색 구두를 찾아와 닦았다. 카탸가 가장 즐겨 하던 목걸이, 머리핀, 결혼반지, 함께 찍은 사진 몇 장도 작은 상자에 담았다. 그는 카탸의 방에 들어가서 다큐멘터리 채널을 틀었다. 의자를 끌어와 빈 침대 옆에 앉았다. 무릎 위에 공책을 올려놓고 앞으로 해야 할 일과 필요한 물품의 목록을 막힘없이 써 내려갔다. 부고를 전할 사람들의 이름, 장례식에 쓰일 꽃과 초, 조문객을 대접할 차와 음식, 옮겨놓을 가구의 배치까지 다시는 없을 사소하고 수많은 선택을 꼼꼼하게 적어나갔다.

쿠르만은 꼭 알려야 할 사람들에게만 카탸의 부고를 전했다. 전부 서른다섯 명이었다. 그는 그들 한 사람 한 사람에게 직접 전화를 걸었다.

캄차카에 있는 타냐에게는 내가 전화를 걸었다.

타냐?

나지라? 당신이에요?

타냐는 뜻밖이라는 듯 반색했다. 목소리에 활기가 넘쳤다. 나는 그의 이름을 불러놓고 더는 입이 떨어지지 않아 몇 번이나 마른 침을 삼켰다. 한참을 내가 아무런 말이 없자 이미 모두 알아들었다는 듯 그도 아무런 말이 없었다. 전화기 너머에서 타냐의 숨소리가 가만가만 들려왔다. 그는 아무것도 묻지 않고 조용히 흐느꼈다. 숨소리가 떨렸다.

비행기를 알아볼게요.

그래요.

타냐와 나는 어쩔 수 없음을, 안타까움을 입 밖으로 내지 않았다. 화장터에 가기 전까지 타냐가 캄차카에서 이곳으로 돌아오는 것은 거의 불가능했다.

고인의 마지막 모습을 한번 더 보시겠습니까?

목요일 오전 열한시, 쿠르만과 나는 카탸를 만나기 위해 안치실로 들어갔다. 장례지도사가 하얀 천을 걷자 카탸의 자그마한 얼굴이 드러났다. 쿠르만이 카탸의 이마와 손등에 길게 입을 맞추었다. 나는 카탸의 두 뺨에 입맞추었다. 쿠르만과 나는 천 밖으로 비죽이 나와 있는 카탸의 두 발을 손으로 감싸쥐었다. 우리가 함께

하기 시작했던 첫해의 가을, 쿠르만과 내가 카탸의 발에 로션을 발라주었던 그때처럼 나는 왼발을, 쿠르만은 오른발을 각자의 두 손으로 감쌌다. 그때로부터 세월은 분명 흘러왔다. 그러나 그 순간만큼은 시간이, 계절이 조금도 나아가지 않은 것만 같았다. 카탸의 발을 만지고 있자니 그가 여전히 우리 곁에 살아 있는 듯했다. 목덜미가 선뜩했다.

머물고 싶은 만큼 있다가 나오셔도 됩니다.

장례지도사는 건네받은 예복 상자를 들고 밖으로 나갔다.

쿠르만이 카탸의 닫힌 눈꺼풀을 어루만졌다. 나는 몇 발짝 물러나 서 있었다. 그가 아랫입술을 깨물며 카탸에게 웃어 보였다. 그는 웃었지만 그의 얼굴은 제대로 웃지를 못했다. 방안에 고인 서늘한 기운이 입가의 주름마저 얼어붙게 했다. 나는 쿠르만의 등을 손바닥으로 쓸어내렸다. 몇 번이고 쓸어내렸다. 그가 구부린 등을 다시 펼 수 있도록, 등껍질처럼 굳어버린 슬픔이 잠시나마 녹을 수 있도록. 그의 도드라진 척추뼈가 만져졌다. 조금씩 떨리며 뜨거워졌다. 나는 쿠르만과 카탸를 남겨두고 먼저 밖으로 나왔다.

오늘 화장터로 바로 가시는 게 맞습니까?

네. 무슨 문제가 있나요?

장례식은 생략하시고요?

다녀와서 할 거라고 다른 직원분께 말씀드렸어요.

아, 그렇네요. 죄송합니다.

흔한 경우는 아니니까요.

네. 확실히 그렇네요.

장례지도사는 볼펜을 딸깍거리며 불안한 눈빛으로 서류를 계속 뒤적였다. 나는 주머니에서 그가 건넸던 명함을 꺼내 그의 이름과 직함을 살펴보았다.

이 일을 시작한 지 얼마나 되셨나요?

아, 일 년이 좀 안 됐습니다.

그렇군요.

화장터에는 두 분만 가시는 거죠?

네. 그러니까 셋이요.

아…… 그렇네요.

장례지도사가 손목시계를 힐끔거렸다. 그의 휴대폰 벨이 울렸다. 그는 전화를 받으며 급하게 복도 끝으로 뛰어갔다. 복도를 울리는 구두 소리가 점점 멀어졌다.

우리 셋이면 충분해요.

화장터에 함께 갈 사람이 더 있는지 다른 직원이 앞서 물었을 때 쿠르만은 담담하게 대답했다. 우리 셋이면 충분하다고. 우리 셋으로 충분한 것도 같았고 전혀 그렇지 않은 것도 같았다.

나는 복도의 차가운 벽에 기대어 서서 가만히 귀를 기울였다. 쐐애애, 하는 낮은 진동음이 복도 전체에 흐르고 있었다. 창문이 없는 어둑하고 좁은 복도, 복도를 밝히고 있는 몇 개의 깜빡이는 형광등. 아무런 기척도 들리지 않았다. 그 누구의 울음소리도 들리지 않았다. 울 수 있었던 이들, 울 줄 알았던 이들이 이곳에서 아주 눈을 감은 탓일까.

푸른빛이 감도는 형광등을 올려다봤다. 금세 눈이 시어 두 눈을 감았다. 닫힌 눈꺼풀 안쪽에서, 불완전한 어둠 속에서 빛의 잔상이 아른거렸다. 눈을 감아도 지속되는 감각의 경험. 아직 내가 아주 눈감지는 않았다는 냉담한 징표. 빛은 언제나 그렇게 순간순간 우리에게 뿌리를 뻗어온다.

벽 너머에는 아직 쿠르만과 카탸가 함께 있다.

여전히 그 누구의 울음소리도 들리지 않는다.

지문으로 얼룩진 유리벽. 그 너머로 화장로가 건너다보인다. 이름 모를 이들의 손가락 끝, 살갗의 무늬가 유리벽이 흘린 눈물 자국처럼 남아 있다. 이름들, 이름 모를 이들이 불렀을 이름들, 유일한 지문을 가졌었던 그 모든 낱낱의 이름들.

한 여자의 질에서 태어난 우리는 왜 다시 그의 질로 돌아가지 않는가. 왜 다시 눈을 감고 울음을 그치고 탯줄을 따라 포궁 속으로 따뜻한 뱃속으로 외롭지 않은 어둠 속으로 온전히 한 사람과 하나였던 그때로 쪼개지지 않은 하나의 세포로 돌아가지 않는가. 우리가 종내 돌아가는 곳은 왜 우리의 시작이 아닌가. 왜 우리는 우리의 훼손을 고스란히 새긴 채로 사라지는가.

달아오른 가마 안으로 관을 밀어넣는 거대한 철제 레일, 가마의 육중한 문이 천천히 닫히며 울려퍼지는 굉음, 기계장치의 개폐를 알리는 온갖 신호음, 고막을 울리는 공기의 울음, 이글거리며 타오르는 불길, 흙빛과 잿빛의 그을음, 떨림과 흔들림, 기척, 아우성, 흔적, 자국, 지워지지 않을 이 모든 것이 모든 탄생처럼 아프고 낯설다.

한 시간 이십이 분.

불완전한 생이 불완전연소로 완전해지는 데 걸리는 시간.
시간은 어김없이 제 속도대로 성실하게 흘러간다.

선홍색 장미와 튤립, 취할 듯한 백합 향기. 열린 창문으로 들어섰다가 돌아서는 바람.
조용히 울려퍼지는 슈베르트의 현악사중주, 연가곡들 그리고 가곡 〈죽음과 소녀〉.

검은 옷차림과 검은 그림자. 때각때각 마룻바닥을 울리는 구두

소리들. 흐느끼는 속삭임들.

레몬을 띄운 투명한 물의 잔잔함, 차 우리는 냄새, 찻잔 위를 맴도는 희뿌연 온기.

한 사람의 죽음을 기억하기 위해 마련된 이 모든 아름다운 것은 생의 편에서, 숨소리라는 배음 위에서 5월의 햇빛을 받으며 한층 더 빛났다.

금요일, 장례식을 준비하는 하루 동안 쿠르만은 한 치의 망설임도 없었다. 그가 오래전부터 숙고하거나 준비해왔기 때문은 결코 아니었다. 카탸가 살아 있는 동안 쿠르만은 오로지 삶의 편에서만 카탸를 생각하고 바라봤다. 뭔가를 대비한다거나 예상하는 시간조차 그에게는 사치였다. 장례 절차가 이어지는 동안 그의 말과 행동은 어느 때보다도 확신에 차 있었다. 쿠르만은 자신이 해야 할 일을 정확히 알고 있었고 그대로 행했다.

오후에 주문한 꽃과 초가 배달되었다. 쿠르만과 나는 조문객들이 편히 머물다 갈 수 있도록 거실에 있는 소파와 탁자를 적당한

자리로 옮겼다. 의자가 부족할 것 같아 집안에 있는 의자를 모조리 거실로 모았다. 창고에 있던 낡은 스툴 두 개도 꺼냈다. 카탸의 방은 조문객들이 카탸에게 마지막 인사를 건넬 수 있도록 꾸몄다. 침대 위에 널빤지를 깔고 하얀 레이스 테이블보를 씌웠다. 가운데에 납골함을 놓고 주변을 꽃과 초, 카탸의 사진들로 장식했다. 맞은편 벽에는 카탸가 쓰던 책상을 끌어왔다. 그가 아끼던 책, 옷가지, 장식품을 몇 가지 골라 올려두었다. 조문객 중 원하는 사람이 있으면 가져갈 수 있게 하자는 쿠르만의 뜻이었다. 카탸가 누워 있는 동안 사용하던 다른 물건들은 제자리에 그대로 두었다.

토요일 아침부터 쿠르만과 카탸를 아끼던 서른두 명의 조문객이 꽃을 들고 집으로 찾아왔다. 그들은 긴 시간 거실과 카탸의 방에 앉아 이야기를 나누다가 젖은 얼굴로 돌아갔다. 온종일 차분하게 가라앉은 쿠르만의 모습이 그들의 가슴을 더욱 아프게 한 듯했다. 슬픔과 상실을 체화해버린 듯한 그의 온화함, 사랑하는 사람의 죽음 앞에서 조금의 흔들림도 없어 보이는 그의 굳건함이 오히려 그들로 하여금 마음속에서 피어오르는 불길한 예감을 떨칠 수 없게 만들었다. 그들 중 몇몇은 내게 다가와 목소리를 낮추며 쿠르만을 잘 살펴봐달라고 부탁했다. 쿠르만이 자기 자신을 돌보지 않게 될까봐, 혹시 다른 마음을 먹게 될까봐 염려된다고 조심스럽게 털어놓았다. 쿠르만이 오랫동안 마음의 준비를 해서인지 의연해 보여 마음이 놓인다는 이들도 있었다. 나는 그들의 말에 성실함과 예를 다해 고개를 끄덕였다. 내가 고개를 끄덕이는 것만으로도 그들이 안심하며 집으로 돌아가리라는 것을 나는 알았다. 그들에게 두 손을 잡히고, 그들의 속삭임에 귀기울이고, 마음을 다하여 적절한 각도로 고개를 끄덕이는 것, 그것이 내가 할 수 있는 일이자 해야 할 일이었다.

쿠르만이 조문객들에게 보인 차분함과 단호하다고 할 만큼 슬픔을 억누르는 엄격함은 어쩌면 그에게는 당연한 일이었을 것이다. 어떻게 그럴 수 있느냐고 물어봤다면 아마도 그는 이렇게 대답하지 않았을까.

카탸가 그러길 원해요, 나지라. 당신도 잘 알잖아요.

물론, 나는 묻지 않았다. 언제까지고 묻지 않았다. 쿠르만이 생

160

각했던 것처럼 내가 카탸가 원하는 바를 잘 알고 있었는지는 확신할 수 없다. 다만 쿠르만은 자신을 제외한 다른 누군가도 카탸가 원하는 바를 잘 알고 있다고 믿었기 때문에, 그것이 그의 생각과 일치한다고 믿었기 때문에 망설임 없이 모든 일을 해낼 수 있었을 것이다. 그는 끝내 그것이 자기 자신으로부터 비롯된 확신이라는 것을 모른 척하고 싶을지도 모른다.

카탸의 대학 동창들, 함께 일했던 시청 공무원들, 카탸와 쿠르만을 알고 지냈던 옛친구들, 결혼을 하고 아이를 낳고 사업체를 운영하고 해외를 오가며 자기 삶을 꾸리기에도 버거운 그들은 카탸의 사고 이후 점점 소식이 뜸해졌었다. 그들의 위로가 형식적으로 반복되었기 때문도, 그들의 평범하고 당연한 일상이 결과적으로는 쿠르만을 뼈아프게 만들어버렸기 때문도 아니었다. 그런 이유들 때문만은 분명 아니었지만, 어찌 보면 그 모든 이유 때문이기도 했다. 다른 방향과 속도로 흐르게 된 각자의 시간이 그들 사이를 벌려놓았을 뿐이었다. 그 시차를 그들 탓으로 돌릴 수는 없었다.

오랜 병과 고통에 붙들린 사람의 곁에 있는 이들은, 죽음으로 그를 떠나보내기 훨씬 전부터 사랑하는 가족, 친구들과 멀어지게 된다. 한 명 한 명, 천천히, 그들을 그들 각자의 삶으로 떠나보내야만 한다. 그러고 나면, 아픈 사람과 그 아픔을 돌보며 아프게 된 사람만이 남는다. 대체될 수 없는 두 사람만이 그들의 시간 속에 남겨진다. 나는 지금까지 일이 그렇게 되어가는 걸 자주 봐왔다. 끝내 죽음이라는 사건이 벌어지고 나면, 돌보던 이들은 모두가 떠나간 빈자리를 뒤늦게 발견하게 된다. 그들은 자기 앞에 남겨진 빈자리마저 돌봐야 한다.

해가 기울기 시작했을 때, 쿠르만은 남아 있는 조문객들을 모두 카탸의 방으로 불러모았다. 그는 방 한가운데에 스툴을 놓고 그 위에 낡은 카세트를 내려놓았다. 카탸의 책상 서랍에서 카세트테이프를 꺼내왔다. 본 적이 있는 것이었다. 쿠르만은 아무 말 없이 조문객들을 찬찬히 둘러보고는 테이프를 재생시켰다.

누군가의 마른기침 소리, 코를 훌쩍이는 소리가 잦아들었다. 한동안은 카세트테이프가 돌아가는 소리만 들려왔다. 테이프에 녹

음된 침묵. 그것은 과거 어느 시공간에 흐르고 있던 공기의 기록
이었다. 곧이어 습기를 머금은 듯한 피아노 반주가 시작되고 다듬
어지지 않은 투박한 노랫소리가 선율 위로 더해졌다. 가늘면서도
단단한 뼈대가 있는 여인의 목소리였다. 카탸를 이 세상으로 내보
냈던 여인, 율리야의 목소리.

　붉은 노을빛이 창문을 넘어 카탸의 방으로 비쳐들었다. 환한 마
룻바닥 위로 한 마리 새의 짙은 그림자가 소리 없이 지나쳐갔다.
모두 잠시, 창밖으로 고개를 돌렸다. 얼마 후 모두의 눈길은 다시
노래가 울려퍼지는 카세트로 돌아왔다. 쿠르만만이 창밖에 시선
을 둔 채 어디도 아닌 곳을 바라보고 있었다.

　*지나가세요. 물러가세요. 무시무시한 죽음이여. 저는 아직 너무
어리답니다. 제게 손대지 마세요.*
　*너의 손을 내게 다오. 아름답고 섬세한 소녀여. 나는 너의 친구
이지 너를 벌하러 온 것이 아니다. 용기를 갖거라. 험하게 대하지
않을 테니 나의 품에서 부드럽게 눈을 감고 편히 잠들거라.*

그 나날 동안 쿠르만과 나는 단 한 번도 울지 않았다. 아니, 우리는 울지 못했다. 울 줄을 몰랐다. 우리도 모르는 사이에 어디에선가 우는 방법을 분실했다.

* * *

나지라.
이제야 당신의 이름을 소리 내어 불러봐요.

여러 날 이곳저곳을 떠돌았어요. 발걸음이 무척 가벼워서 지칠 줄 모르고 걷고 또 걸었어요. 특히 우리가 좋아하는 에르킨디크공원의 참나무 길은 몇 번이나 오갔는지 몰라요. 판필로브공원, 알라투광장도 물론 빼놓을 수 없었죠. 오래전 그곳 분수대 앞에서 나는 확신했었어요. 나와 쿠르만이 함께하게 되리라는 것을요. 그곳에는 좋은 추억이 많아요.
뭉게구름, 자작나무, 다람쥐, 개양귀비, 민들레. 그런 것들의 이름을 불러보며 걸었어요. 두 발로 나무 그늘을 밟으며 걷는 것도, 소리가 되어 울리는 내 목소리를 듣는 것도 오랜만이었어요. 이름을 가진 모든 것의 이름을 부르면서 계속 걸었어요. 오랜 시간 동안 나는 어떤 이름이든 불러보고 싶었거든요.

포근한 날이면 당신은 나를 휠체어에 태우고 산책을 나서곤 했죠. 사고 이후로 나와 가장 자주 산책에 동행한 사람은 당신이었어요. 나지라, 고백하자면, 나는 당신을 통해서 내 무게를 체감했어요. 전에는 나라는 존재의 무게가 얼마만큼인지 알지 못했죠. 당신의 가쁜 숨소리, 이마에 솟은 땀방울, 내 겨드랑이에 팔을 끼우고 침대나 휠체어에서 나를 일으킬 때 당신이 내던 작은 신음. 그런 것들로 나는 마비된 내 몸의 무게와 산책의 무게, 자유의 무게를 체감했어요. 내 자유의 무게를 당신이 늘 덜어주었죠.

어떻게 잊을까요. 그 수많은 날의 산책에서 당신이 내게 들려주던 이야기, 소리 없이 나누던 대화, 함께 맞서던 바람을. 우리만의 비밀로 남게 된 그 모든 순간을.

내가 어떻게 잊을까요.

침대맡에서, 욕조에서 당신이 나를 보살피던 조심스럽고 꼼꼼한 손길을. 물을 삼키는 것, 옷소매에 팔을 꿰는 것, 허리를 곧추세우는 것, 눈물을 닦는 것, 그렇게 또 하루를 성실하게 살아내는 것, 그 전부를 당신에게 맡겼죠. 나는 누구에게도 그만큼 의지해

본 적이 없었어요. 쿠르만에게조차도요.

나지라. 당신을 원망하기도 했었다고 털어놓아야겠네요. 당신이, 그리고 쿠르만이 제발 나를 포기하기를, 내가 끝낼 수 없는 나를 끝장내주기를 바랐다고요. 내가 겨우 의식을 회복했을 때, 물조차 삼키기를 거부했을 때, 내내 잠을 이루지 못해 충혈된 눈으로 아침 인사를 하러 온 당신을 노려보았을 때, 그러면서도 오줌을 몸 밖으로 내보내고 당신이 기저귀를 갈게 만들었을 때 나 자신보다 더 의지해야만 하는 당신을 원망했었다고요.

한동안 그런 일들이 이어지던 어느 아침, 당신은 말없이 내 눈을 가만히 들여다봤죠. 다른 사람이 그렇게 나를 바라보는 눈빛을 나는 이전에는 본 적이 없었어요. 그런데도 어딘가에서 본 것처럼 익숙했죠. 사고 전 평범하기 그지없었던 어느 아침, 이를 닦으려고 세면대 앞에서 치약 튜브를 아무렇게나 누르며 거울에 비친 나를 바라보던 내 눈빛. 꼭 그런 눈빛으로 당신은 나를 바라봤어요. 동정이나 경멸도, 아무런 비관도 없는 눈빛, 살아 있음을 조금도 의심하지 않는 눈빛으로요.

당신은 전날과 마찬가지로 컵에 담긴 물을 숟가락으로 떠서 내 입가로 가져왔죠. 물이에요, 카탸, 하고 말하던 당신의 목소리. 당신은 내 입을 살짝 벌려 물을 흘려보냈어요. 신기했어요. 주삿바늘을 통해 이미 수액이 들어오고 있는데 목젖과 식도를 지나 몸속으로 들어온 물은 달랐어요. 뭐라 표현할 수 없이 달라서, 너무 달아서 나는 물 한 컵을 다 삼켰죠. 그렇게 시작된 거예요. 내 여분의 삶이.

그후로도 한참, 나는 내가 바위처럼 굳은 채 서서히 풍화되고 있다고 생각했어요. 시간이 나를 매일 아주 조금씩 파괴하고 있다고요. 내가 미세한 가루가 되어 흩어지려면 얼마나 걸릴까. 흩어지자. 없어지자. 사라지자. 오로지 그 생각뿐이었어요. 그런 생각이라도 하지 않으면 견딜 수가 없었거든요. 도무지 견딜 수가 없는데 또 견뎌지고 마는 게 끔찍했어요. 그런 나를 당신은 아침마다 주무르고 쓰다듬었죠. 관절을 꺾으며 마사지를 하고 거울을 보여주고 손톱에 매니큐어를 발라주었죠. 점점이, 내가 흩어지고 있다고 믿었는데 점점 나는, 점묘화처럼 다시 내 모습이 되어갔어요. 전과는 달랐지만 나 자신이라고 부를 수 있는 상태로 복원되어갔어요. 그 모든 계절을 어떻게 잊을까요.

나의 간병인이자 친구인 나지라.

당신을 만날 때 내가 말을 할 수 있었다면 어땠을까 자주 생각했어요. 알아요. 부질없죠. 그저 말할 수 있는 지옥과 말할 수 없는 지옥 정도의 차이였을까요. 말은 할 수 없어도 소리를 낼 수 있었다면, 소리 내어 웃고 화내고 울 수 있었다면 우리들 시간의 색조는 달랐을까요.

지금 나는 못다 한 말들을 바람결에 쏟아내고 있어요. 오시시장 근처를 걷고 있을 때 지나가던 한 영혼이 내게 귀띔해주었죠. 전하고 싶은 말을 바람결에 흘려보내면 운이 따르는 영혼은 새들이 그 말을 실어날라준다고요. 그 말을 하고 그는 서서히 희미해지더니 곧 사라졌어요. 그가 머물렀던 자리에서 말린 자두 냄새가 났어요. 말을 실어나르는 새라니, 아름다운 이야기였지만 믿기진 않았죠. 믿기지 않아서 얼마나 믿고 싶었는지 몰라요. 만약 새들이 네 말을 다 실어나를 수는 없으니 한마디만 남기라고 한다면 나는 무슨 말을 해야 할까요. 모자람도 후회도 없는 말을 실어보내고 싶어요.

나는 잘 있어요. 내가 조금씩 희미해지는 것을 느끼지만 그래서인지 더없이 가벼워요. 그림자를 가지지 않는다는 건 이런 거구나, 알게 돼요. 간혹 어떤 예감에 사로잡히는데 신기해요. 죽어서도 예감을 가질 수 있다는 걸 이전의 내가 어떻게 알았겠어요. 예감은 어린 시절의 따뜻했던 기억처럼 다가와요. 조금도 두렵지 않고 안심이 돼요. 앞으로도 내가 잘 지내리라는 확신을 줘요. 설령 이 예감이 틀리더라도 내가 할 수 있는 건 없죠. 그렇다고 해도 말이에요. 나지라. 걱정하지 말아요.

나는 걱정 안 해요. 내 염려가 오히려 짐이 된다는 걸 이제는 잘 알아요. 걱정이 밀려오려고 하면 대신 상상해봐요. 한 살, 한 살 나이들어가는 쿠르만의 모습, 그의 늘어날 흰머리, 두꺼워질 안경알, 묵묵하게 끼니를 삼킬 굽은 등허리, 무언가에 집중하면 어김없이 벌어질 입술, 무엇이든 주머니에 쑤셔넣는 버릇 때문에 늘 불룩할 바지 주머니, 아무데나 흘리고 다닐 메모 쪽지들, 술에 취하면 주춤주춤할 걸음걸이. 내가 예상할 수 있는 모든 여전할 것과 그것들의 나머지를 상상해봐요. 나지라 당신은, 어떤 모습으로 늙어갈까요.

예상할 수 없는 것들을 더 열심히 상상해보지만 그건 내가 끝내 다다를 수 없는 시간이겠죠. 예상할 수 없는 그 시간 속에서 쿠르만, 그이는 울까요. 그 누구를 위해서도 아닌 자신을 위해서 쿠르만은 울까요.

그때가 언제든 한 번이면 돼요. 한 번은 울어야 해요. 그것으로 충분해요.

쿠르만이 늦장을 부리면 당신이 그에게 말해주세요. 당신도 알죠. 그는 영민한 사람이지만 알고 있는 걸 잘 표현하진 못하잖아요. 그런 면이 늘 나를 애달프게 했어요. 당신 말이라면 그는 귀를 기울이니까 당신이 말해줘야만 해요. 살아가라고. 우리를 위해서 살아가라고. 언제나 그랬듯이 그는 살아나갈 방법을 반드시 찾을 거라고요. 너무 늦지 않게 말해주세요.

나지라. 나라는 사람은 사실 수많은 말로 이루어져 있었던 걸까요. 언제까지고 말할 수 있을 것만 같아요. 그러면서도 동시에 더는 할말이 없는 것도 같아요. 내게 무슨 말이 남아 있을까요. 어쩌면 이게 다인지도 모르겠어요. 내 말을 실어다줄 새를 만나게 되면 이 한마디만은 꼭 부탁해야겠어요.

나는 잘 있어요.

* * *

태양계의 행성들이 공전하기 위해서는 반드시 하나의 태양이 필요하다.
쿠르만과 나는 태양 주위를 도는 행성들처럼 카탸를 중심으로 공전했다. 각자의 궤도에서, 각자의 속도로 주어진 하루하루를 맞이하고 견디면서.

카탸라는 한 존재, 물질이었고 인간이었고 정신이었던 하나의 세계, 이제 물질로 추상으로 피안으로 완전해진 우주로서의 카탸, 거스를 수 없는 중력으로서의 카탸. 그런 카탸의 둘레를 맴도는 것이 곧 쿠르만과 나의 시간이 되었다.

우리는 우리에게 흐르는 시간을 충실하게 살았다. 망설이지 않고 아끼지 않고 흘려보냈다. 어김없이 내일로 나아갔다. 본래 있던 자리로 돌아오기 위해 나아갔다. 몇 번을 다시 돌아가도 되돌릴 수 없는 시간을 향해 나아갔다.

두 계절이 지나갔다.

* * *

카탸가 떠난 뒤에도 나는 여전히 쿠르만과 함께 지내고 있었다. 찬바람이 불기 시작하자 현관 마룻바닥이 삐걱거리는 소리가 한층 더 심해졌다. 나는 쪼그리고 앉아 걸레에 왁스를 묻혀 바닥을 문지르면서 수리공을 불러야 할지 살펴보고 있었다. 그때 전화벨이 울렸다.

나스탸였다. 그애 특유의 빠른 말투에 실린 목소리가 수화기 너머에서 이편으로 한참 동안 쏟아져들어왔다. 귀가 뜨거워지고 현기증이 일었다.

듣고 계세요?

응…… 그럼 아직 연구실에 있니?

그럴 거예요. 아줌마한테 알려드려야 할 거 같아서요.

정말 고맙다, 나스탸.

알려드리는 게 맞는 거죠? 교수님이 너무 안됐어요.

시끌벅적한 대화 소리, 나스탸가 계단을 오르는 발걸음 소리가 들려왔다.

저 이제 수업 들으러 가봐야 해요.

그래. 고마워.

전화를 끊고 망설였다. 먼저 쿠르만의 연구실로 전화를 걸어봐야 할까. 어디 가지 말고 거기에 있으라고, 곧 가겠다고 말을 해줘야 할까. 외투와 모자를 되는대로 걸치고 집을 나섰다. 검은 구름이 낮게 깔려 곧 뭐라도 쏟아질 것만 같았다. 트램 정거장에는 두

꺼운 털옷을 입은 사람들이 몇 보였다. 나는 나스탸의 전화를 받을 때부터 떨리던 손을 힘껏 주물렀다. 주무를수록 어쩐지 손끝은 더 차가워졌다.

나스탸는 자연과학대에서 강의를 듣는 다샤로부터 쿠르만의 이야기를 들었다고 했다.

점심시간이 끝나고 '현대대수학1' 수업 강의실에 모인 학생들은 수업이 시작되어야 할 시간으로부터 이십 분이 지나도 교수가 나타나지 않자 웅성거리기 시작했다. 그중 의욕이 있는 학생 셋이 담당 교수의 연구실로 향했다. 연구실은 안에서 잠겨 있었다. 학생들은 문을 여러 번 두드리며 교수의 이름을 불렀다. 그중 하나가 휴대폰으로 연구실에 전화를 걸었다. 문 너머에서 전화벨이 끊임없이 울렸다. 연구실 문의 작은 간유리로 불빛이 새어나오고 있었지만 안에 사람이 있는지 없는지 도통 알 수가 없었다. 셋은 문 앞에 서서 생각에 잠겼다. 담당 교수는 지각이나 휴강을 하는 사람이 아니었다. 그들은 이제껏 이런 적이 한 번도 없었다는 사실을 상기했다. 교수가 아내의 장례를 치른 후 안식년을 다 마치지도 않고 가을 학기부터 다시 출강했다는 사실도 떠올렸다. 그들은 말없이 눈빛을 주고받았다. 서로의 얼굴에 불길한 예감이 번지는 것을 알아차렸다. 그들 중 하나가 걱정스러운 얼굴로 문을 열어봐야 할 것 같다고 의견을 내놓았다. 혹시 모르니까. 다른 하나가 말했다. 그래, 정말 혹시 모르잖아. 입을 다물고 있던 나머지 하나가 급히 학과 사무실로 뛰어갔다.

조교가 연구실 문을 열었을 때, 쿠르만은 등을 보인 채 소파에 엎드려 누워 있었다. 학생들이 그의 어깨를 흔들어 깨웠다. 얼굴이며 온몸이 땀에 흠뻑 젖어 있었다. 조교가 검지를 그의 코밑에 가져다댔다. 고르고 깊은, 뜨듯한 숨이 손가락에 닿았다. 그들은 쿠르만을 똑바로 누이고 그의 이름을 여러 번 불렀다. 그들 중 하나가 수건을 적셔왔고, 하나는 냉장고에서 마실 것을 꺼내왔다. 쿠르만이 일어날 기색이 없자 조교는 그의 뺨을 가볍게 몇 번 때렸다. 쿠르만이 느리고 힘겹게 눈꺼풀을 밀어올렸다. 그는 그를 내려다보고 있는 근심어린 네 개의 얼굴을 올려다봤다. 레나, 볼랴, 사샤, 나시바. 쿠르만은 눈을 껌뻑거리며 그들의 이름을 띄엄띄엄 불렀다.

지금이 몇시지?

지금 그게 문제예요?

괜찮으신 거예요?

물 좀 드려요?

병원에 안 가보셔도 돼요?

조교인 나시바가 일어나 앉으려는 쿠르만을 부축했다. 쿠르만은 손바닥으로 무릎을 짚으며 똑바로 앉으려고 애썼다. 그가 자리를 털고 일어나 주섬주섬 수업 자료를 챙기자 모두가 만류했다. 성화에 못 이겨 그는 소파에 다시 걸터앉았다.

이상하게 너무 졸린다고 그러셨대요.

나스탸의 말이 귓가를 맴돌았다.

반년은 충분한 시간일까.

장례식 이후로 한밤중에 잠에서 깰 때면 나는 이따금 쿠르만의 방 문 옆에 서서 그의 나직한 코골이를 듣곤 했다. 그는 언제나 한 뼘 정도 방문을 열어놓고 잠이 들었다. 아마도 카탸를 집에서 돌보게 된 뒤부터 생긴 버릇일 것이다. 비상대기 상태, 그것이 그의 잠이 갖게 된 또다른 이름이었을 것이다. 그는 감각이 예민한 들짐승처럼 잠에서 벗어나야 할 때 재빠르게 벗어날 수 있도록 단련되었을 것이다. 생명이 달린 일, 목숨을 좌지우지할 수도 있는 일. 쿠르만의 잠은 그런 일이 되었을 것이다. 한 사람을 사랑하는 일. 아침까지 타냐가 카탸를 살뜰하게 살피는 것과 상관없이 그는 밤

사이 자신의 일을 했다. 카탸가 떠난 뒤에도 자신의 일을 멈추지 않았다.

어쩌면 쿠르만도 가끔 내 방 문 앞에서 코골이를 듣는지도 모른다. 이따금 새벽에 마룻바닥을 울리지 않으려고 조심스럽게 슬리퍼를 끌며 걸어오는 발걸음을, 바닥에 컵을 내려놓는 희미한 마찰음을, 낮고 긴 한숨 소리를 듣곤 한다. 그의 기척을 듣지만 쿠르만 당신이냐고 불러본 적은 없다.

충분한 시간이란 얼마만큼일까.
또다시 겨울이 오고 있다.

건널목 앞에서 군밤을 한 봉지 샀다. 군밤이 핑계가 되지 못한다는 걸 알면서도 갓 구운 것으로 골라 외투 안쪽에 넣고 학교로 향했다. 자연과학대 건물 후문으로 들어섰다. 얼마 전 올가가 했던 말이 생각나서였다.

거긴 보는 눈들이 많잖아. 사람들은 네 생각보다 말 만들기를 좋아한다고.

사람들이 만들어내는 말에 내가 조금도 신경쓰지 않는다는 걸 잘 알아서 올가는 기어이 내게 그렇게 말했을 것이다. '사람들'이라는 목소리에는 이름도 없고 얼굴도 없으니까. 그 목소리가 떠들어대는, 나와는 상관없는, 나를 겨냥한 소문들로부터 나라는 사람은 결국 왜곡되고 부풀려져 오해를 받을 테니까. 그 헛된 것으로부터 자신을 지키는 것은 예전과 다름없이 지난하고 지치는 일일 테니까. 올가는 나의 옛일들을 떠올렸던 것인지도 모른다.

후문에서 곧바로 이어지는 좁은 계단을 올라 연구실이 있는 층으로 갔다. 쿠르만 연구실 문 옆 팻말을 '강의'에서 '외출'로 바꿔놓고 문을 두드렸다. 아무 소리도 들리지 않아 문고리를 돌리려는데 안쪽에서 문이 열렸다.

쿠르만이 군밤 하나를 까서 내게 내밀었다. 나는 밤을 입속에 넣고 그의 숙인 얼굴과 흐트러진 머리칼을 가만히 바라보았다. 그가 깐 밤을 하나 더 내밀었다. 고개를 수그린 채였다. 나는 그것도 받아 씹었다. 쿠르만도 말없이 밤을 씹었다. 그의 손가락 끝에 묻은 검댕을 보고 있자니 목이 메어왔다.

요즘 학교는 어때요?

쿠르만은 손가락에 붙은 까만 밤껍데기 조각을 털어내며 슬며시 웃었다가 곧 웃음기를 거뒀다.

나지라 당신은요?

그가 고개를 들어 맞은편에 앉아 있는 나를 건너다봤다. 핏기 없는 푸석한 얼굴, 붉게 충혈된 눈자위. 그의 목울대가 미세하게 떨렸다.

내가 너무 오래 당신을 붙잡고 있잖아요.

당신은 붙잡은 적 없어요, 쿠르만. 내가 머물고 싶은 만큼 있는 거예요.

그가 안경을 벗어 소맷자락으로 안경알을 문질러 닦았다.

그렇군요. 붙잡은 적이 없는 거군요.

그래요.

나는 허리를 펴고 연구실 안을 둘러봤다. 한때는 쿠르만의 세심한 질서에 따라 자리를 잡고 있던 물건들이 모두 그 질서로부터 비껴어 있었다. 블라인드를 올리고 창문을 열었다. 흩어져 있는 컵과 메모지들, 구겨진 서류며 휴지들을 하나씩 들어올려 정리하기 시작했다. 꽉 찬 쓰레기통을 비닐봉투에 쏟아 비웠다. 찻잎이 말라붙거나 차 얼룩이 깨끗하게 지워지지 않은 찻잔을 모아 쟁반에 담았다.

여기 물건들이야말로 날 붙잡고 있네요.

내가 말하자 지친 기색으로 엉거주춤 서 있던 쿠르만의 눈가가 잠깐 반짝였다. 그에게 쟁반을 내밀었다.

이것부터요, 쿠르만. 그리고 당신 얼굴도요.

쿠르만이 쟁반을 받아들고 애써 웃어 보였다. 표정의 오류를 수정하려는 것처럼 나를 바라보며 얼굴을 일그러뜨렸다. 그러지 않아도 돼요. 그렇게 말하려다 그만두고 그를 연구실 밖으로 떠밀었다. 주춤거리며 복도를 걸어가는 그의 뒷모습을 지켜봤다. 실은 쿠르만, 내가 붙잡은 거예요. 아무도 붙잡지 않았는데. 어쩌면 내가 나를 붙잡은 것인지도 모르겠네요. 그렇게 말하려다 그것도 그만두고 몸을 돌려세웠다.

천둥이 쳤다.

번개가 검은 구름 속에서 푸른 정맥처럼 도드라졌다.

정맥은 회복의 길목이라고 할 수 있죠.

오래전, 수간호사 로자가 했던 말이 떠올랐다. 그는 이제 갓 수습 간호사를 벗어난 내 팔뚝에 지혈대를 묶으면서 실습을 나온 간호학교 학생들에게 말했다.

우리 몸 안에 숨겨진 귀향길 같은 거라고도 볼 수 있고요. 정맥은 이산화탄소와 노폐물이 많은 혈액을 수거해서 다시 심장으로 되돌려보내는 혈관입니다. 심장에서 걸러진 맑은 피는 동맥을 타고 신체 각 기관에 공급되고요.

그는 실습생들에게 날카로운 주삿바늘 끝을 보여주었다. 손가락 끝으로 신중하게 내 정맥을 찾았다.

지금 이 팔이 이 병원에서 정맥 찾기가 가장 힘든 팔일 거예요.

실습생들은 숨을 죽인 채 내 팔뚝을 주시했다. 로자가 주사를 놓을 자리에 알코올 솜을 문질렀다.

우리는 환자들의 회복을 돕기 위해서 이 길목에 침투해야만 하고요. 빠르고 정확하게.

주삿바늘이 살갗을 뚫고 혈관으로 파고들었다. 실습생들의 눈매가 가늘어지고 미간에 주름이 생겼다. 나도 모르게 눈을 질끈 감았다.

또 한번의 뇌성과 번개. 굵은 빗방울이 하나둘 떨어지기 시작했다. 저기 어둑한 하늘에서 푸른빛으로 빛나는 건 혹시 이 세계의 숨겨진 정맥일까. 우리가 속한 세계가 나아지려면, 차도를 보이려면 회복의 길목에 침투해야만 할 텐데 나는 그런 방법은 알지도 배우지도 못했다.

창문을 도로 닫았다.

창가 모서리에는 여전히 말라버린 핏자국 같은, 검붉은 마른 장미 한 송이가 화병에 꽂혀 있었다. 후우. 창가로 다가가 마른 장미에 살며시 입김을 불었다. 후우, 후우. 누군가를 되살릴 수도, 누군가의 상처를 달랠 수도 없는, 다만 뽀얀 먼지를 일으킬 뿐인 미지근한 입김이었다. 입김을 핑계로, 아니, 먼지를 핑계로 조금 울고 싶어졌다. 아니, 군밤을 핑계로, 찻잔 속 말라비틀어진 찻잎을 핑계로, 질서를 잃어버린 이 연구실, 눈물 자국으로 더러워진 안경알, 소맷자락 안쪽에 묻은 검댕, 살갗 밑에 깊게 숨겨져 있는 내 정맥을 핑계로 목놓아 울고 싶어졌다. 그때 쿠르만이 연구실로 돌아왔다. 씻긴 듯 말간 눈빛을 하고서, 그가 내 이름을 불렀다.

나지라.

촛불 꺼야지.

카랑카랑한 목소리가 나를 재촉했다. 케이크를 뒤덮은 자그마한 불꽃들. 케이크 위로 거무튀튀한 그림자가 일렁였다. 입안 가득 숨을 머금었다. 후우. 뽀얀 먼지가, 아니, 뽀얀 연기가 눈앞에서 아른거리며 흩어졌다. 두 사람의 박수 소리. 나는 멍하니 사라지는 연기의 자취를 쳐다봤다. 희미한 기운, 불꽃의 기억 같은 것,

소멸의 여운 같은 것. 연기가 걷히자 반듯한 나무 식탁이, 찬장에서 접시를 꺼내는 올가의 뒷모습이, 아담한 부엌이 눈앞에 있었다. 막 찬물로 씻은 듯한 산뜻한 손 하나가 내 손을 잡았다.

아줌마, 생일 축하드려요.

불룩한 배가 어깨에 닿았다. 천천히 고개를 들었다. 두 뺨 가까이에서 입을 맞추는 소리, 옅은 비누 냄새, 목덜미를 간질이는 긴 갈색 머리카락.

나스탸, 안 되겠다. 이제 생일 초는 무조건 한 개로 통일이야.

차를 내오며 올가가 투덜거렸다. 구멍투성이가 된 체리케이크. 하나, 둘, 셋.

작년에도 체리케이크 아니었어?

그건 재작년이었지.

여덟, 아홉, 열하나. 열두 개의 작은 구멍.

어머나!

올가가 놀란 표정으로 내 손을 다급히 붙잡았다. 체리와 크림으로 범벅이 된 나의 오른손.

예상보다 진행이 상당히 빠릅니다.

진료실에서 내 어깨를 감싸던 올가의 떨리는 왼손.

나스탸, 너 배가 나온 거니?

이제 여덟 달째에 접어드니까요, 아줌마.

엄마가 된다고? 네가?

그러게 말이에요. 웃기죠?

젖은 수건으로 내 손가락 사이사이를 꼼꼼하게 닦고 있는 나스탸의 두 손.

나는 깨끗하게 닦여 무릎에 올려진 열 개의 손가락을 바라본다. 손바닥으로부터 뻗어나온 다섯 개의 다리를 바라본다. 주름을 만들며 나를 향해 구부러지는, 힘들이지 않고 춤을 추는 열 개의 촉수를 바라본다.

나는 두 세계를 동시에 살고 있는지도 모른다. 아니면 두 세계의 틈에서 한 마리 해파리처럼 유영하고 있는지도 모른다. 모든 차원이 내게 열려 있다. 나는 그 흐름에 몸을 맡기고 무의식적으로 흘러간다. 대부분은 무연하게 둥둥 떠 있는 것만 같다. 눈을 깜빡이고 있자면 어느 순간에는 모든 것이 선명하고 정연하다. 그런 순간은 드물고 아주 짧다. 짧다는 걸 알아차리기도 전에 지나가버릴 때도 잦은 것 같다.

나스탸는 임신 팔 개월째다. 얼마 후면 아기가 세상에 나온다.

라라 아주머니에게서 전화가 왔다. 울지 마시라고 말씀드렸다.

오늘 여름^{лето}을 몸^{тело}이라고 말했다. 올가가 여름이라고 고쳐 알려주었다.

잊지 말아야 할 이름들: 라라 아주머니, 줴냐, 올가, 나스탸, 쿠르만, 카탸, 타냐, 빅토르…… 또?

세탁기 돌리는 순서: 전원, 표준, 동작 버튼 누르기. 세제 꼭 넣기.

나스탸는 2012년 겨울에 알료샤와 결혼했다. 그날은 눈이 정말 많이 내렸다.

화장실은 현관 왼쪽 하얀 문. 변기에 앉기 전에 휴지가 있는지 확인할 것.

나스탸는 프라하로 신혼여행을 다녀왔다. 내게 목걸이 시계를 선물해주었다.

알료샤는 변호사로 일한다. 그에게는 형이 두 명 있다.

라라 아주머니가 나를 키워주었다. 아주머니는 1930년생이다.

문 잠그기. 무선전화기는 제자리에. 수도꼭지 잠그기.

토요일에 나스탸와 알료샤가 저녁을 먹으러 왔다. 알료샤는 변호사다.

타냐가 다녀갔다. 내 손톱을 깎아주고 매니큐어도 발라줬다.

갈수록 사람들을 만나는 게 두렵다. 그들의 이름을 기억하지 못

할까봐 무섭다.

  올가는 부동산 중개사무실에서 거의 십 년을 일했다. 사무실은
오로즈베코바에 있다.

  올가가 냉장고에서 리모컨을 찾았다. 이번이 세번째라고 했다.
정말일까?

  나는 아직은 글을 쓸 수 있다. 머릿속 사전이 얇아지고 있다.

  나는 2013년 5월부터 올가의 집에서 살고 있다. 나스탸가 썼던
방을 내가 쓴다.

  다 잘될 거야. 괜찮아. 올가는 늘 괜찮다고 말한다.

  나는 2011년 2월까지 오 년 동안 발릭치의 종합병원에서 간호사
로 일했다.

  은하계에 대한 다큐멘터리를 봤다. 은하계, 은하계, 은하계. 아

름다운 단어다.

　나는 2005년 초여름까지 사 년이 조금 넘게 카탸의 입주 간병인
으로 일했다.

　책을 읽는 게 힘들다. 집중이 안 된다. 의미들이 먼지만큼 가벼
워진다.

　올가의 집 주소는 쇼포코바 36번 건물 15호다.

　내 생일은 8월 31일이다. 그날은 독립기념일이기도 하다.

　나는 조발성 알츠하이머 진단을 받았다. 유전일 가능성이 높다
고 한다.

　매일 아침 올가는 학생용 스프링 공책의 새 페이지를 펼쳐 맨
위에 날짜와 요일을 적어준다. 하루 동안 나는 생각나는 것이 있
으면 무엇이든 그 밑에 메모를 한다. 틈이 날 때마다 공책의 뒷장
에서부터 내가 쓴 메모들을 훑어본다. 언제나 그렇다. 내가 적어

놓은 사실들을 기억하기 위해서 한 장씩 앞으로 넘겨본다. 그리고 마지막에는 맨 앞으로 돌아온다. 첫 장에는 굵은 펜으로 이렇게 쓰여 있다.

내 이름은 나지라.

공책의 어디에서부터 시작하든 나는 늘, 끝내 내 이름으로 돌아온다. 공책에 적힌 사실들을 기억하기 위해서가 아니라, 다만 내가 나라는 사실을 확인하기 위해서 공책을 펼쳐보는 것인지도 모르겠다.

내일이나 미래에 관해서는 쓰지 않는다. 예상한다는 것은 과거를 더듬는 일의 연장이다. 돌이켜볼 수 없다면 내다볼 수도 없다. 이제는 돌이켜보는 일만으로도 버거울 때가 많다. 일 년 전을 기억할 수 있다고 해서 일 년 후가 보장되는 것은 아니다. 얼마 후면 나에게 예전의 일들이란 그림 액자를 떼어낸 빈 벽의 때 타지 않은 부분처럼 남을 것이고 앞으로의 일들이란 아무것도 없는 빈방에서 의자를 찾는 일이 될 것이다. 집에 있는 거울을 전부 치워버리고 싶은 날도 있고 거울을 찾아 헤매는 날도 있다. 같은 질문을 반복하는 날도 있고 아무것도 물을 수 없는 날도 있다. 좋은 날도 있고 안 좋은 날도 있다. 순간과 순간들만이 내 곁에, 나에게 남아 있다.

이제 조금씩 내 앞에 당도한 순간만을 사는 연습을 시작해야만 한다. 이삼 년 뒤, 아니, 어쩌면 그보다 더 이르게 당도할지도 모를 순간을 미리 그려보면서, 지금처럼 미래의 일기를 앞당겨 써보면서.

* * *

이식쿨호수의 수면에 끝없이 뿌려지던 햇살 가루.

졸폰아타* 암각화 단지의 황량한 들판. 웅크리고 있던 수많은 바위, 수많은 마음.

쿠르만과 나누었던 말과 말 사이의 아득한 침묵. 잔에 담긴 보드카의 투명함.

우리, 라고 말을 꺼내놓고 금세 닫혀버리곤 하던 그의 말문.

내내 찬바람이 불어오던 삼 일 동안의 짧은 여행길.

마지막이라고 해도 좋을, 그 순간들을 어떻게든 기억해두려고 애썼다.

---

* 이식쿨호수 북쪽에 위치한 휴양도시.

당신이 머물게 될 곳에 나도 한번 가보고 싶어요.

문가에 빈 상자를 내려놓으며 쿠르만이 말했다. 나는 침대 위에 쌓아놓은 옷가지를 버릴 것과 가져갈 것으로 나누면서 대답을 미루었다. 팬스레 블라우스의 단추를 채우고 접혀 있는 소매를 펼쳐보았다. 스웨터에 붙은 보풀을 떼어냈다. 쿠르만은 문기둥에 기대어 서서 가만가만 침을 삼켰다.

가는 길에 카탸도 보고 이식쿨도 가봐요.

일찍 철이 든 아이가 처음으로 원하는 것을 조를 때처럼 그는 조금 풀이 죽어 있었다. 발릭치에서의 새로운 시작에 그가 따라나서는 게 과연 잘하는 일인지 나로서는 확신할 수가 없었다. 그건 쿠르만도 다르지 않을 것 같았다. 나는 옷을 개면서 짐짓 아무렇지 않은 척 말했다.

그렇게 해요. 그럼 간 김에 암각화도 보러 가요.

그가 한숨을 쉬는 소리를 들었다. 이제는 나로부터 멀어질 소리, 멀어져서 들리지 않게 될 소리, 들리지 않아서 더 선명하게 느끼게 될 그 숨소리에 귀를 기울였다.

2006년 새해를 앞둔 12월 말, 마리나에게서 오랜만에 연락이

왔다. 그는 나와 함께 병원에서 일했던 동료였고 지금은 발릭치종합병원의 원무과에서 일하고 있었다. 우리는 가끔 안부 전화나 연하장을 주고받았다. 그의 정갈한 글씨체를 보고 있자면 다정하고 찬찬한 성품과 말투가 생생하게 되살아나곤 했다. 자기 글씨체의 형태를 목소리로 갖고 있는 사람이 있다면 그건 바로 마리나였다. 그의 말은 항상 나를 귀기울이게 했다. 마리나는 내게 다시 병원에서 일해보는 게 어떠냐고 물었다. 2월에 간호사 자리가 하나 난다고 했다.

내가 할 수 있을지 모르겠어요.

나지라, 당신은 충분히 자격이 있어요.

잘 모르겠어요, 마리나.

잘 모르면서 시작하는 일도 있지 않아요? 그렇게 해야만 할 때도 있고요.

마리나가 올가에게 무슨 말을 들었을지도 모른다고 나는 짐작했다. 하지만 그는 그런 걸 결코 티내는 사람이 아니었다. 나는 생각해보겠다고 말하고는 다음날 곧바로 면접을 보겠다고 연락을 했다. 다시 병원에서의 일상을 시작할 수 있겠다는 자신이 생겼기 때문은 아니었다. 마리나의 말처럼 그렇게 해야만 할 때도 있다는 것을 나 역시 납득했기 때문이었다. 살면서 그렇게 해야만 할 때가 있다면 그건 지금이라고.

쿠르만에게는 라라 아주머니 댁에 다녀오겠다는 핑계를 대고 이력서와 추천서를 들고 면접을 보고 왔다. 출근이 확정된 뒤에 올가에게 이 소식을 전했다. 올가는 발럭치로 가겠다는 나를 말리지는 않으면서도 자꾸만 눈물을 보였다. 나는 그렇게 해야 할 것 같다고, 그렇게 해야 한다고 생각할 때는 그렇게 하는 수밖에 도리가 없지 않냐고 훌쩍이는 올가를 설득했다. 사실 올가든 다른 누구든 설득할 필요는 없었다. 내가 나를 설득하기만 하면 되는 일이었다.

그렇군요.

다음달부터 발럭치의 종합병원에서 일하게 되었다고 말했을 때 쿠르만은 자기 발등을 내려다보다가 한참 후에야 입을 열었다.

그렇군요.

대답했다는 걸 금방 잊어버린 사람처럼 또 한번 말했다. 쿠르만과 나는 마주앉아서 남은 차를 마셨다. 찻주전자를 다 비울 때까지 아무런 말도 없이 차만 들이켰다.

이 찻잔 세트는 꼭 챙겨가요, 나지라. 당신이 아끼는 거잖아요.

쿠르만은 손가락 끝으로 찻잔의 금색 테두리를 따라 여러 번 원

192

을 그렸다. 다음날 그는 전기주전자, 무선전화기, 전기난로, 냄비 세트를 사 가지고 들어왔다. 그다음날에는 양탄자, 거위털 이불, 작은 조명등을 사왔다. 그가 현관문 옆에 부려놓은 새 물건들을 보자, 왠지 목안이 뜨거워지고 뒷덜미가 뻣뻣하게 굳어왔다. 내가 있을 곳은 아직 여기인지도 모른다는 생각이, 그런 생각 때문에라도 내가 먼저 이 집을 나서야만 한다는 생각이 나를 현관에 계속 붙들어두었다. 쿠르만에게는 내게 사줄 물건 목록을 적은 메모지가 있는지도 몰랐다. 자다 깨어나 침대맡 등을 켜고 그 목록을 적었을지도 모른다. 그는 다가올 헤어짐을 그런 방식으로 준비하는 사람이니까. 구체적인 물건과 구체적인 시간을 짐작하면서, 그 구체적인 목록에서 자신을 소거하면서, 미래의 어느 순간을 살고 있을 자신을 예상하는 사람이니까. 나는 그가 사다놓은 물건들에 별다른 말을 보태지 않았다. 그저 그가 하는 대로 놔두었다.

1월 26일. 이른 아침을 먹고 쿠르만과 나는 승합차를 한 대 빌려 발릭치로 출발했다. 가져갈 가구가 없어 싸둔 짐을 승합차 뒷좌석과 트렁크에 모두 실을 수 있었다. 발릭치까지는 차로 세 시간 넘게 달려야 했다. 쿠르만은 라디오를 켜 요즘 유행하는 댄스음악이 흘러나오는 채널에 주파수를 맞추었다. 흥겨운 리듬이 차

안 공기를 서서히 데웠다. 토크모크를 지날 무렵에는 태양이 높이 떠올라 차창으로 햇볕이 쏟아져들어왔다. 도로는 한산했다. 간혹 화물 트럭 한두 대가 우리를 지나쳐갈 뿐이었다. 양옆으로 펼쳐진 산에는 희끗희끗 눈이 쌓여 있었다. 산중턱을 오르는 짙은 갈색의 양떼가 보였다. 쿠르만은 줄곧 말이 없었다. 장갑을 낀 손으로 핸들을 꽉 움켜쥔 채 앞만 주시했다.

괜찮아요? 잠깐 세우고 쉬어도 돼요, 쿠르만.

긴장돼서요. 운전이 오랜만이라.

그는 어깨와 허리를 펴며 몇 번이나 괜찮다고 말했다. 나는 뒷 좌석을 힐끔 쳐다봤다. 짐꾸러미 위에 장미 꽃다발이 얌전히 놓여 있었다. 장미는 일곱 송이였다.*

차가 덜컹거릴 때마다 붉은 꽃잎이 일제히 부르르 떨렸다. 조금 만 기다려요, 카탸. 쿠르만과 함께 가고 있어요.

신이시여, 우리를 굽어살피소서. 저 가엾은 영혼을 구원하소서. 부디 편히 잠들게 하소서. 카탸의 납골함 위에 흩뿌렸던 보드라운 흙의 감촉, 훈훈했던 봄바람, 읊조리듯 조용조용 대기를 건드리던

---

* 러시아 문화권에서는 일반적으로 꽃을 선물할 때 꽃송이를 홀수로 맞춘다. 죽은 사람을 위한 꽃은 짝수로 준비한다.

타냐의 기도 소리가 곁에서 울리는 듯 떠올랐다.

카탸의 납골함을 묻기 위해 발럭치로 가기로 했던 일요일, 쿠르만이 거실 소파에 웅크린 채 잠들어 있던 그 새벽, 함께 가자는 타냐의 전화를 받았다. 그가 어떻게 그토록 빨리 돌아올 수 있었는지 묻지 못하고 전화를 끊었다. 좀더 자두려고 침대에 누웠지만 잠은 달아나 있었다. 발소리를 죽이고 카탸의 방으로 가보았다. 조문객들이 다녀간 흔적이 그대로 남아 있었다. 나는 전날 율리야의 노래를 들을 때 앉았던 의자에 걸터앉았다. 방안은 새벽 어스름의 푸르스름한 빛으로 도배되어 있었다. 싸늘하고 쓸쓸했다. 당장은 언제가 될지 알 수 없었지만 나 역시 이 집을 떠나게 되리라는 것을 예감했다. 어스름 속에서 나를 건너다보던 사진 속 카탸의 눈빛을 어떤 암시처럼 오랫동안 바라보았다.

카탸는 발럭치 외곽의 땅속에, 눈 덮인 들판 아래, 끝내 눈을 녹이고야 마는 1월의 햇볕 속에 있었다. 쿠르만은 묘비 옆에 장미 꽃다발을 내려놓고 쪼그려앉았다.

카탸. 나지라가 발럭치 병원에서 일하게 됐어. 잘됐지?

그는 묘비 위에 쌓인 흙먼지와 낙엽을 손바닥으로 쓸었다. 그러고는 홀로 고개를 끄덕거렸다.

자주 올게요, 카탸.

쿠르만과 나는 한동안 그렇게 서 있었다. 너무 많은 것은 한꺼번에 쏟아낼 수 없는 법이다. 그의 목구멍에 차오른 말들이 그랬다. 매서운 바람이 콧등과 귓바퀴를 예리하게 할퀴고 지나갔다. 쿠르만이 갑자기 자리에서 일어나 주차된 차 쪽으로 앞서 걸었다.

발릭치종합병원에서 두 블록 떨어진 곳에 내가 구한 집이 있었다. 승강기가 없어 걸어올라가야 하는, 지은 지 삼십 년이 넘은 오층짜리 아파트였다. 계단을 올라와 가장 왼쪽에 있는 문을 열고 들어서면 혼자 지내기에 제법 널찍한 방 하나, 부엌, 화장실, 좁다란 발코니가 있었다. 낡기는 했지만 침대, 소파, 식탁 같은 몇 가지 기본적인 가구가 갖춰져 있었다.

여기군요.

쿠르만이 짐꾸러미를 내려놓으며 혼잣말처럼 작게 내뱉었다. 아직 살림살이가 변변하지 않은 집안을 두리번거리는 그의 모습을 가만히 지켜보았다. 나는 신고 온 새 이불을 침대 위에 펼쳤다. 방에 냉기가 돌아서 라디에이터를 있는 대로 다 틀었다.

쿠르만, 당신이 침대에서 자요.

그럴 수는 없죠.

그는 가져온 침낭을 꺼내 소파 위에 펼쳤다.

참, 이쪽으로 와봐요.

방 모서리에 달린 쪽문을 열고 발코니로 나갔다. 쿠르만이 뒤따라왔다. 발코니 창을 열자 해가 기울고 있는 하늘 아래로 눈 덮인 톈산산맥과 봉우리가 아스라이 내다보였다. 노르스름한 햇볕이 떠도는 먼지마저 물들였다. 나는 순전히 이 창밖 풍경 때문에 이집을 계약했노라고 쿠르만에게 말했다.

그러네요. 여기네요.

쿠르만과 나는 나란히 서서 먼 곳을 바라봤다. 해가 점점 기울고 이 땅에 도달한 저녁이 붉게 물드는 풍경을, 한 시절이, 또 하루가 우리로부터 멀어져가는 광경을 지켜봤다. 시린 바람이 눈으로 자꾸 파고들었다.

다음날 오후, 쿠르만과 나는 촐폰아타에 있는 암각화를 보러갔다.

겨울이라 그런지 촐폰아타 시내에는 사람들의 모습이 거의 보이지 않았다. 게스트하우스나 호텔도 닫혀 있는 곳이 태반이었다. 우리는 문을 연 식당에 들어가 따뜻한 차와 라그만*을 한 그릇씩

---

* 중국 신장 지역과 중앙아시아에서 즐겨 먹는 국수의 일종.

먹었다. 뜨거운 김을 불어가며 느릿느릿 식사를 했다. 여름이면 휴양객들로 붐비는 이 도시의 겨울은 한적하다못해 쓸쓸했다.

암각화 단지 입구에 차를 세웠다. 안내소는 닫혀 있었고 관리인도 없었다. 드넓은 들판에서 거센 바람이 불어왔다. 그곳에 암각화가 새겨진 바위들이 한겨울 양떼처럼 웅크리고 있었다. 이 야외 박물관에는 암각화와 무덤, 석벽 들이 들판에 전시되어 있었다. 기원전과 후에 걸쳐 약 이천 년의 시간이 그곳에 고여 있었다. 눈, 비, 바람, 햇볕을 맞으며, 수많은 낮과 밤을 지새우며 우리 존재의 과거를 증명하고 있었다. 이천 년. 나는 이천 년, 하고 작게 발음해보았다. 결코 겪을 수 없는 시간을 말한다는 건 이런 느낌일까. 예순 살, 아흔 살, 이라고도 발음해보았다. 앞서 걸어가고 있는 쿠르만의 이름을 불러보려다 그만두었다. 쿠르만, 하고 부르면 그역시 내가 절대로 겪을 수 없는 시간이라는 것을 다시금 깨닫게 될 터였다.

쿠르만과 나는 바위와 바위 사이를 산책하듯 걸었다. 바위에 새겨진 뿔 달린 산양과 활 쏘는 사람, 흰 표범을 보았다. 암각화를 둘러보고 나오는 길에 멀리 이식쿨의 푸른 물빛이 내다보였다. 지금 이 순간을 언젠가는 내다보게 되겠지. 나는 여기에, 쿠르만은 어딘가에 있게 되고, 그 사이의 간격은 한 치의 오차도 없이 딱 알맞게 벌어지게 될 것이다. 나는 그런 생각들을 몇 번이고 되뇌었다. 그런 생각이 시구가 되고 노래가 되고 호흡이 되기를 바라는 것처럼. 그런 생각이 나중에는 숨을 쉬듯 힘들이지 않는 일이 되길 바라는 것처럼.

발릭치로 돌아오는 길에 슈퍼마켓에 들러 장을 봤다. 쿠르만이 제법 값이 나가는 보드카 한 병을 골라 담았다. 송별 파티를 해야죠. 그가 말꼬리를 흐렸다.

저녁 식탁은 간소하게 차렸다. 레표시카와 삶은 감자, 인스턴트 고기수프, 콜바사, 그리고 보드카. 쿠르만은 식탁에 팔꿈치를 올리고 턱을 괴었다. 취기가 도는지 말수가 많아졌다. 케이크를 하나 샀어야 했다고, 그것으로 당신의 발릭치 이주를 축하했어야 했다고, 정말 축하한다고 그가 말했다. 쿠르만은 뭔가 생각난 듯 가방에서 봉투 하나를 꺼내와 내밀었다.

이게 뭐예요?

일 년 치 정도예요. 필요한 물건 사는 데 보태요.

받을 수 없어요, 쿠르만.

나는 손사래를 쳤다.

여덟 달 동안 당신이 나를 돌봤잖아요.

당신이 나를 돌봤잖아요. 나는 보드카가 남아 있는 투명한 잔을 내려다봤다. 쿠르만다운 투명한 말이라고 생각했다.

그래도 이건 적절하지 않아요.

아뇨. 당신이 받아야만 해요.

그가 봉투를 내 무릎에 올려놓았다. 봉투에서 손을 떼지 않은 채 내 얼굴을 들여다보았다.

나지라, 그래야 나한테도 다음이라는 게 생겨요.

내가 마지못해 봉투를 받자, 쿠르만이 빈 잔에 보드카를 가득 부었다. 그가 잔을 들어올리며 건배를 청했다.

다음을 위하여.

나도 잔을 높이 들었다.

다음을 위하여.

우리는 잔을 맞부딪쳤다. 그가 단숨에 술을 삼키고 인상을 찌푸렸다. 무색의 알코올이 식도를 타고 뜨겁게 몸 안으로 스며들어 왔다. 불순물을 없앤 뜨거운 증류주가 내 속에서 부유하던 불순물도 함께 쓸어내리는 것 같았다. 무념, 무상, 무위. 나는 없는 것에 관해 생각했다. 나에게 없는 것, 나에게서 없어질 것. 나의 내부가 속속들이 쓰려왔다.

쿠르만이 비슈케크로 돌아가기 전, 가까운 이식쿨에 함께 가보기로 했다.

점심나절 호숫가에는 쿠르만과 나, 둘뿐이었다. 사람의 눈매를 닮았다는 광활한 호수. 설산의 눈이 녹아 흘러든 호수의 물, 한겨울에도 얼지 않는다는 그 물이 파도처럼 모래사장으로 끊임없이 밀려들었다. 우리는 차가운 모래 위에 엉덩이를 대고 앉아 이식쿨의 물빛을 바라보았다.

줴냐가 살아 있었을 때 라라 아주머니와 줴냐, 나 그렇게 셋이서 이식쿨로 여행을 온 적이 있었다. 내가 열여섯이 되던 해 여름이었다. 아주머니에게는 언제나 휴가다운 휴가라는 게 없었지만 그해는 어쩐 일인지 시간이며 경비며 간식까지 모든 게 풍족했다. 어떻게 된 일인지 의심을 품을 만도 했지만 어렸던 나는 휴양지에서 보낼 여름에 대한 기대로 한껏 들떠 있었다. 아주머니는 내가 원하는 것은 뭐든 허락했다. 세 가지 맛 아이스크림을 한꺼번에 사 먹었고, 줴냐와 춤을 추러 갔고, 아주머니가 따라준 보드카를 맛보았다. 그렇게 이틀을 보내고 나니, 나는 즐겁기보다는 불안해졌다. 줴냐가 호수로 수영하러 가자고 꼬드기는 것도 뿌리치고 아주머니 곁에 남아 책을 읽었다. 매 순간 아주머니의 표정을 살피고 눈치를 봤다. 대여섯 살로 돌아간 것처럼 손톱을 물어뜯었다.

아주머니가 잠깐 산책을 하러 나서면 그림자처럼 따라나섰다. 종일 불안에 떨었다. 그러면서도 내 불안을 아무에게도 들키지 않으려고 안간힘을 썼다. 긴장한 탓인지 오후부터는 복통이 시작되었다. 보다 못한 라라 아주머니가 침대로 나를 불렀다. 베개를 베고 편안하게 눕게 한 뒤 배에 따뜻한 수건을 얹어주었다.

나지라. 너 오늘 이상하게 구는구나.

제가 그랬어요?

아주머니는 옆에 누워서 내 이마에 흘러내린 앞머리를 다정하게 쓸어넘겼다.

명석한 네가 그걸 모른다는 건 말이 안 돼. 날 속일 생각은 하지 말거라.

나는 통증이 심해지는 걸 느끼면서 눈살을 찌푸렸다. 아주머니는 두툼한 손바닥으로 내 배를 어루만졌다. 배 위에서 천천히 원을 그렸다. 젖은 수건의 따스한 기운이 뱃속으로 배어들었다. 배에서 꼬르륵 물이 흐르는 소리가 났다. 뭔가가 배꼽에서부터 왈칵 솟구쳐올라왔다. 나는 눈물을 참으려고 입술 안쪽을 꽉 깨물었다.

아주머니, 혹시 이제 저를 맡을 형편이 안 되시면 말씀해주세요.

아주머니는 원을 그리던 손을 멈추었다가 다시 지그시 손바닥을 누르며 원을 그렸다. 더 굵고 선명한 선으로 원을 그리는 것처럼, 내 근육에 그 원을 새기려는 것처럼. 나는 결국 울음을 터뜨렸다.

저를 떠나려고 하시는 줄 알았어요.

말도 안 되는 소리.

아주머니는 나직하지만 분명한 목소리로 말했다. 어느새 눈물 범벅이 돼버린 내 뺨을 손등으로 닦아주었다. 한참을 울었다. 너무 두렵고 죄송하고 창피한데 도무지 울음을 그칠 수가 없었다. 영영 그칠 수 없을 것만 같아서 또 울었다. 배가 아픈 것도 잊고 정말 실컷 울었다. 십육 년 만에 처음인 것 같은 그런 울음이었다.

가만히 호수를 바라보던 쿠르만이 말했다.

카탸는 이식쿨이 지구의 양수 같다고 했어요. 그래서 다들 이곳에 오면 편안해지는 거라고요.

그럴지도 모르겠네요.

좀처럼 울음을 그칠 수 없었던 그 저녁에 라라 아주머니는 내게 긴 이야기를 들려주었다. 아주머니는 내 배에서 나는 꼬르륵 소리를 듣고 웃음 짓고는 너도 언젠가는 몸속에 따뜻한 물을 품게 될지도 몰라, 하고 말했다. 너도 한때는 네 엄마의 뱃속, 그 따뜻한 물속에 웅크린 채 태어나기를 기다렸었지. 그런데 우습게도 우리

모두는 우리가 정확히 어디에서 왔는지, 어디로 떠나게 되는지도 알지 못하지, 언젠가 내가 너를, 아니면 네가 나를 떠나게 될지도 모른다, 라고 우리 인간은 떠나기 위해 살고 있는 거라고도 했다. 하지만 지금은, 아직은 아니니 안심해도 된다고 아주머니는 말했다. 내 이마에 입을 맞추고 손바닥으로 뺨을 쓸어주며 훌쩍이는 나를 달랬다. 어렸던 나는 그날 내가 가진 따뜻한 물을 전부 눈으로 쏟아내버렸다고 믿었었다.

지금은, 아직은 아니야. 물결 위로, 햇살이 수만 개의 반짝임으로 부서지며 속삭였다.
쿠르만이 자리를 털고 일어섰다. 돌아서서 앉아 있는 내게 손을 내밀었다.
이제 그만 갈까요?
내가 멍한 표정으로 그를 올려다보기만 하자, 쿠르만이 분명하고 나직한 목소리로 내 이름을 불렀다.

나지라.

몇 살이시죠?

마흔여섯이요.

지금이 몇 년도죠?

2010년이요.

오늘 날짜는요?

10월 15일?

'문'의 철자를 말해보시겠어요?

데, 베, 예, 에르, 먀흐키즈나크.

거꾸로 말해보세요.

먀흐키즈나크, 에르…… 예, 베, 데.

그림 카드를 좀 볼까요?

거위, 바퀴…… 안경, 거북이요.

병원에서 여러 검사를 받았다. 복도의 대기 의자에 앉아 주위를 둘러봤다. 수그러진 어깨들, 멍한 눈빛들, 헐렁한 걸음걸이들, 그리고 머뭇거림과 침묵이 있었다. 담당의는 다음에는 꼭 가족이나 가까운 지인과 함께 오라고 당부했다. 나는 현재 정신 기능이 조금씩 저하되고 있고, 그 증거로 산발적인 기억장애가 나타나고 있었다. 내 나이에는 드문 일이라고 했다. 가족력의 가능성이 있다고 하지만 나로서는 확인할 길이 없었다. 병이 얼마나 빠르게 진행되는지 물었다. 환자마다 다르지만 유전성, 조발성이 확실하다면 상당히 빠르게 진행될 가능성도 있다고 했다. 진료를 마친 후에 나는 복도 의자에 기대어 멍하니 앉아 있었다. 내게 시간이 얼마 남아 있지 않다는 것을 직감했다.

한 여인이 수액걸이를 질질 끌며 복도를 가로지르고 있었다. 아주 느린 걸음이었다. 발밑에 찐득한 무엇이 묻어서 그를 잡아끄는 것처럼 한 걸음 한 걸음이 더뎠다. 가느다랗고 투명한 플라스틱 줄이 주사액과 여인을 연결하고 있었다. 그가 수액걸이를 밀고 가는 것인지, 수액걸이가 그를 끌고 가는 것인지 분간이 되지 않았다. 복도 바닥 위로 바퀴가 거친 소리를 내며 굴러갔다. 수액걸이 스탠드에서 뻗어나온 세 발끝에는 은색 바퀴가 달려 있었다. 세 개의 바퀴는 각자의 자리에서 방향을 틀면서 굴러갔고 동시에 함께 앞으로 나아갔다. 자세히 보니, 바퀴 하나는 망가졌는지 굴러가지 않고 고정되어 있었다. 그래도 앞으로 나아갈 수 있었다. 움직이지 않았지만 다른 두 개의 바퀴와 함께 이동할 수 있었다. 나는 카탸를 생각했다. 카탸, 쿠르만 그리고 나. 스탠드에서 뻗어나온 세 개의 발과 세 개의 바퀴.

가방에 넣어두었던 엽서를 꺼냈다. 이틀 전 발릭치의 병원으로 도착한 것이었다. 뒷면에 찍힌 우체국 소인은 이 주 전이었다. 엽서를 뒤집었다. 바이칼호수의 깊고 푸른 물빛이 손바닥만한 종이 속에 잠잠하게 고여 있었다. 호수를 둘러싸고 있는 산등성이의 굴곡을 마주했다. 시간이 이 지구에 남긴 거대한 자국. 투명한 호수 물밑 그 끝에는 푸른 하늘이 있을 것 같았다. 그 하늘 끝에는 다시 물이, 다시 하늘이, 마주보고 있는 거울처럼 끝없이 펼쳐질 것만 같았다.

엽서를 뒤집었다. 한가운데 단 한 줄의 문장이 부표처럼 떠 있었다.

나는 잘 있어요.

블라디보스토크, 울란바토르, 사마르칸트, 이스탄불, 부르가스, 민스크에서 온 엽서에도 오직 그 한 문장뿐이었다.

발릭치로 돌아가기 전, 나는 지하도 문구점에 들렀다. 학생용 공책 세 권을 샀다. 중철 제본에 종이는 얇고 바스락거린다. 가로

세로 오 밀리미터의 옅은 물빛 모눈들만은 반듯하고 날카롭다. 엇갈리고 만나고 멀어지는 시간의 직조물처럼, 작은 조각 하나라도 건지려는 기억의 그물망처럼 촘촘하다. 나는 공책의 첫 장을 펼쳐 손끝으로 모눈을 짚어봤다. 그 모눈 위에 놓여야 하는, 걸려야만 하는 이야기들에 관해 생각했다. 내가 나로 있을 수 있는 시간을 헤아려봤다. 얼마나 남아 있을까. 막연했다. 내가 나로서, 모눈 한 칸보다 사소한 이 세계의 한 부분으로 살아갈 수 있는 시간이 대체 언제까지일까. 분명한 것은 언제고 끝이 온다는 사실이다.

살아가는 일은 죽음과 삶의 밀고 당기기 같은 것. 나는 죽는다. 우리는 모두 죽는다. 사라질 것이 예정되어 있다. 때문에 우리에게는 이 삶을 선명하게 해줄 무엇, 살아 있음을 느끼게 해줄 무엇이 절실하다. 그것을 의미라고 불러볼 수도 있다. 의미가 선명해지면 우리는 죽음을 잊는다. 죽음이 선명해지면 우리는 의미를 더 꼭 붙잡는다. 의미가 희미해질수록 죽음은 선명해진다. 죽음을 부여하는 것이 신이라면 의미를 부여하는 쪽은 인간일 것이다. 그 의미가 아무리 보잘것없다고 해도 우리가 의미에 온전히 속한다면, 아니 의미 자체가 될 수만 있다면 유한을 벗어나 무한을 맛볼 수도 있다.

삶은 유한하다. 우리는 주어진 살아 있음의 테두리를 벗어날 수 없다. 그렇다고 우리 삶이 하나의 무늬로만 끝나지는 않는다. 그건 마치 만화경을 들여다보는 일과 같다. 어떤 흔들림—의지를 가진 흔들림이라면 더더욱—으로 인해 우리는 다른 수많은 무늬를 발견할 수도 있다. 삶은 바라보는 각도에 따라 각기 다른 색색의 지옥이다. 그럼에도, 내가 나 자신을 포함해 세상 모두를 증오하는 순간에도, 누군가는 나를 지켜보고 기억하고 사랑했다. 감히 내가 그것을 부정할 수는 없다.

우리는 한 사람의 죽음 앞에서 그가 살아 숨쉬던 모습을 더 선명하게 떠올린다. 우리는, 기억이 우리를 저버릴 때에야 비로소 기억에 관해 생각한다.

아니다.

나는 내 경험의 흔적들을 마치 아포리즘처럼 미화하고 싶지는 않다.

뻔뻔한 얼굴을 하고서 하늘에 있다는 신에게 기도를 할 수는 없다.

나는 구원을 바라지 않는다.

이제 나는 자주 깜빡깜빡하게 될 것이다. 단어와 이름을 잊고 결국 언어를 잃어버릴 것이다. 매일같이 오가던 길 위에서 방향을 잃을 것이다. 시선이 멍해지고 걸음걸이도 달라질 것이다. 간단한 서류도 작성할 수 없게 되고 더는 병원에서 환자를 돌볼 수 없게 될 것이다. 즐겨 해먹던 음식도 만드는 방법을 기억하지 못해 부엌을 서성일 것이다. 인사를 나눴던 사람과 또다시 반갑게 인사를 나누고 안부를 물을 것이다. 새벽에 잠을 이루지 못하고 갑자기 떠오른 물건을 찾겠다고 온 집안을 헤집으며 소란을 피울 것이다. 냉장고나 전자레인지 안에서 로션이나 양말을 발견할 것이다. 점차 사람들 이름이나 얼굴을 기억하지 못할 것이다. 물었던 말을 또 묻고, 또 묻고 또 물을 것이다. 몇 걸음 앞 화장실도 찾아가지 못해 옷을 입은 채로 서서 오줌을 눌 것이다. 무엇에도 집중할 수 없고 여기가 어딘지, 낮인지 밤인지조차 모르게 될 것이다. 내가 나인지 누구인지도 모르는 채로 숨을 쉬게 될 것이다.

모든 것이 사라질 순서를 기다린다.

나는 잘 있어요.

상상해본다.

나는 병원 복도에 앉아 있다. 누군가 내 이름을 부른다. 나는 내이름을 알아듣지 못하고 가만히 앉아만 있다. 누군가가 내게 다가와 다시 내 이름을 부른다. 나는 천천히 고개를 들어 그를 올려다본다. 누구요? 당신이요. 나요? 그래요, 당신이요. 누구지요, 내가? 그 누군가가 내 이름을 한 자, 한 자 또렷하게 말해준다. 나는 낯선 사람의 이름을 듣는 것처럼 내 이름을 듣는다. 내 이름을 또렷하게 말해준 누군가는 나를 안타까운 눈길로 내려다보며 내 손등을 어루만진다. 그런 나를 떠올려본다. 몇 년 후에도 내가 여기병원 복도에 등을 기댄 채 앉아 있다면, 누군가 내 이름을 부른다면 나는 그런 모습이 되어 있을까. 그때가 되면 나는 이미 나의 일년 후를 예상할 수 없을지도 모른다. 앞으로의 일을 꿈꾸지 않고, 지나간 일도 그리워하지 않는 내가 텅 빈 눈으로 의자에 걸터앉아있는 모습을 상상해본다. 상상이란 것도 할 수 없게 된 나를.

나도 잘 있어요, 쿠르만.

공책을 펼친다.

나는 과거의 기억을 복원하고 싶지는 않다. 그것이 가능하다고 믿지도 않는다. 지금의 나를 있게 한 나에 관해 말하고 싶다. 의미에 관해 말하고 싶다. 사랑의 의미뿐 아니라 미움, 원망, 후회의 의미까지도. 지난날이 현재의 암시였다는 것을 나는 온몸으로 알아차리고 있다. 그 나날이 결코 잘못된 것만은 아니었다는 증거가 바로 지금의 나다.

나는 나를 다시 체험하고 싶다. 나를 줍고 싶다.

펜을 쥐고 모눈 위에 첫 문장을 쓴다.

처음 있는 일은 아니었다.

문학동네 장편소설
남겨진 이름들
ⓒ 안윤 2022

초판 인쇄 2022년 11월 21일
초판 발행 2022년 11월 29일

지은이 안윤
책임편집 김수아 | 편집 여승주 정은진
디자인 김하얀 최미영
마케팅 정민호 이숙재 박치우 한민아 이민경 안남영 왕지경 김수현 정경주
브랜딩 함유지 함근아 김희숙 고보미 박민재 박진희 정승민
제작 강신은 김동욱 임현식 | 제작처 상지사

펴낸곳 (주)문학동네 | 펴낸이 김소영
출판등록 1993년 10월 22일 제2003-000045호
주소 10881 경기도 파주시 회동길 210
전자우편 editor@munhak.com | 대표전화 031) 955-8888 | 팩스 031) 955-8855
문의전화 031) 955-2689(마케팅) 031) 955-2675(편집)
문학동네카페 http://cafe.naver.com/mhdn
인스타그램 @munhakdongne | 트위터 @munhakdongne
북클럽문학동네 http://bookclubmunhak.com

ISBN 978-89-546-9939-6 03810

www.munhak.com